W0341563

DIE JUNGS

KISS & C♂♂K

CHRISTIAN

INHALT

EINLEITUNG

Liebe Leser ... 6
The Kitchen is open! 8

REZEPTE

1. Stir the pot! Kochen 10
2. Let them eat cake! Backen 38
3. What's the tea? Drinks 62
4. Going back to Party-City! Party-Food 80
Orientalische Köstlichkeiten 84
Tapas 90
Pasta 96
Brunch 104
5. Eleganza Extravaganza! Festliche Menüs 114
Österreich 118
Spanien 126
USA 132

ANHANG

Unsere Partner 138
Rezeptregister 141
Danksagung 142
Impressum 143

WIE DIESES BUCH-SET FUNKTIONIERT

Sind wir mal ehrlich: Gemeinsame Zeit ist wertvoll und in der Küche habt ihr mehr als genug davon. Aber das mit dem gemeinsamen Kochen ist oft so eine Sache. Am häufigsten hört man »Er kocht und ich spüle ab!«, oder andersrum. Viele Partner werden auch gerne zur »Küchenhilfe« degradiert.

Das ist aber ab jetzt Geschichte – ab jetzt kreiert ihr gemeinsam tolle Gerichte, Backwerke und Co. Daher ist jedes Rezept auf zwei Bücher aufgeteilt. Somit weiß jeder genau, was er zu tun hat, und am Ende habt ihr zusammen etwas Leckeres auf den Tisch gezaubert. Also werden dann die Lorbeeren gemeinsam geerntet!

Alle Zutaten findet ihr in beiden Büchern, somit muss niemand für den Einkaufszettel zwei Bücher durchforsten. Wir gehen dann auch immer vorher gemeinsam einkaufen – denn da fängt das Genießen für uns schon an –, aber das ist natürlich euch überlassen.

Also schnappt euch jeder sein Buch, und dann ab in die Küche. Genießt die Zeit zusammen, habt Spaß und lasst es euch schmecken.

DIE JUNGS

Bevor wir überhaupt starten: Danke an meine Eltern, die uns so unglaublich unter die Arme gegriffen haben. Egal ob in der Küche, bei den Rezeptideen oder als Fotoassistent – ihr seid ein wichtiger Teil dieses Buches. Ohne euch hätte das alles nicht funktioniert!

Danke, dass ihr immer für uns da seid, wir so perfekt zusammen genießen können und ihr uns genau so akzeptiert, wie wir sind!

LIEBE LESER,

da ist es nun, unser Buch und auch dein ganz eigenes Buch! Ich bin immer noch ein wenig sprachlos und glücklich über dieses Werk. Dieses Buch, nein, diese Bücher, das sind wir, das ist »Die Jungs kochen und backen« – das sind zwei Männer, die sich lieben und gerne gemeinsam kochen und backen. Ich kann dir gar nicht genau sagen, warum mir dieses Buch so unglaublich viel bedeutet, aber es fühlt sich ein wenig wie das Ende einer langen Reise an. Was bleibt, ist Stolz und Freude.

Dass Torsten und ich ein Buch rund um das Thema »Gemeinsames Kochen« schreiben, macht einfach Sinn. Wir sind der lebende Beweis, dass das funktionieren kann, das mit dem Zusammen-in-der-Küche-Arbeiten. Wir wollen euch zeigen, wie viel Spaß das macht und wie viel Freude es bringt, wenn man das Ergebnis zusammen auf den Tisch gebracht hat. Da wir schon sehr lange gemeinsam kochen, haben wir neben den Rezepten so einige Tipps für euch, wie es vielleicht noch ein wenig besser in der Küche harmoniert.

Dabei dachte ich anfangs noch: »Warum ein Kochbuch speziell für schwule Paare?« Mittlerweile denke ich mir: »Weil es an der Zeit ist!« In meiner Kindheit hatte ich keine großen Vorbilder, ich wusste nur, ich bin anders. »Warum muss ausgerechnet ich den schwierigen Weg nehmen?«, genau das waren meine Gedanken. Homosexuelle Männer gab es in der Öffentlichkeit nur in schrill und bunt, aber auch das war ich nicht, eher das Gegenteil. Mit dem Alter wurde alles besser und irgendwie habe ich meinen Weg gefunden. Warum das alles eine Rolle spielt? Es fühlt sich so irreal an, dann als schwules Paar in der Öffentlichkeit zu stehen. Ich hätte mir so ein Rollenbild in meiner Kindheit sehr gewünscht, denn dann hätte ich eine Vorstellung gehabt, wo die Reise hingehen kann.

Aber es soll niemand außen vor bleiben – dieses Buch ist für jeden, egal wen ihr liebt! Es geht um eine gute Zeit voller Spaß und Genuss. Die »Kiss & Cook – Gay Guy«-Edition steht in unseren Augen für Toleranz!

Dieses Buch ist in fünf Kapitel untergliedert und alle haben eine Bedeutung für uns und sollen euch unsere kulinarische Reise aufzeigen. Wir beginnen ganz klassisch mit den Kapiteln »Stir the pot!« und »Let them eat cake!«, dort findet ihr Rezepte zu den Themen »Kochen« und »Backen«. Es geht quer durch die Palette unserer Favoriten. Von Klassikern zu modernen Rezepten, rund um den Erdball, und jedes Gericht hat eine Geschichte für uns. Nach diesen beiden Kapiteln folgt »What's the tea?«, denn bei uns endet Genuss nicht auf dem Teller – er kommt auch gerne ins Glas. Ihr habt Lust auf einen schönen Abend zu Hause mit leckeren Drinks und kleinen Snacks als Begleiter? Dann werdet ihr hier fündig. Dabei spielt es keine Rolle, ob zu zweit oder mit Gästen. Speziell für eine wundervolle Zeit mit Freunden und Familie findet ihr in »Going back to Party City!« vier Möglichkeiten, euren Tisch mit Köstlichkeiten aus aller Welt zu füllen, Freunde einzuladen, und jeder greift zu – unsere liebste Art, mit lieben Menschen zu genießen. Den Abschluss macht dann »Eleganza Extravaganza!«. Drei Menüs, die jeweils einem Land gewidmet sind, das uns sehr am Herzen liegt. Die Menüs sind nicht nach Gängen aufgeteilt, sondern die Anleitung ist auf den Zeitpunkt der Zubereitung ausgelegt.

Du siehst, es geht auch bei den Rezepten sehr vielseitig zu, und es wird euch garantiert nicht langweilig. Wir sind einfach nur froh, dass ihr unsere Bücher in der Hand haltet, und ich wünsche dir und euch ganz viel Spaß damit.

Start your engines …

Sascha

GEMEINSAM MIT SPASS UND GENUSS KOCHEN UND BACKEN

Für uns ist die Küche der Dreh- und Angelpunkt in unserer Wohnung. Dabei spielt es keine Rolle, ob wir zu zweit oder mit Freunden zusammen sind. Schon in unseren ersten gemeinsamen Jahren wurde uns klar: Wir haben eine gemeinsame Leidenschaft – das Kochen und das Backen!

Also haben wir schon nach wenigen Monaten gemeinsam in der Küche gewerkelt und nach vier Jahren den Entschluss gefasst, einen Foodblog zu starten. Seitdem verbringen wir unzählige Stunden gemeinsam in der Küche, haben einen Riesenspaß dabei, und das schon seit über zehn Jahren. Aber wie machen wir das? Das verraten wir euch hier: Wir möchten euch Tipps für eine entspannte gemeinsame Küchenzeit mitgeben und auch ein paar generelle Grundsätze, die wir in der Küche verfolgen.

Rezepte komplett lesen

Über die Einteilung, wer welchen Part beim Kochen übernimmt, müsst ihr euch bei »Kiss & Cook« ja zum Glück keine Sorgen mehr machen. Aber jeder hat ein oder mehrere Rezepte vor sich. Es klingt so simpel, aber lest jedes Rezept bitte VOR der Zubereitung komplett durch. Das erspart Überraschungen, sollten zum Beispiel Zutaten zweimal in einem Rezept Verwendung finden. Außerdem könnt ihr den Arbeitsaufwand für euch persönlich viel besser abschätzen.

Reden ist Gold

Wie in so vielen Bereichen des Lebens und auch in einer Beziehung ist Kommunikation der Schlüssel. Also sprecht euch ab und haltet euch während der Zubereitung auf einem Wissensstand! Bei einigen Rezepten verlangt das andere Buch eine gewisse Vorarbeit, und daher ist es unerlässlich, miteinander zu sprechen. Informiert den Partner regelmäßig darüber, wo ihr gerade seid im Rezept und was die nächsten Schritte sind!

Zur richtigen Zeit

Timing ist auch ein wichtiger Punkt. Ihr findet in jedem Rezept eine Zeitangabe von uns. Aber das ist immer nur ein grober Maßstab, denn jeder hat ein anderes Tempo oder andere Fähigkeiten. Also checkt die Zeit noch mal! Solltet ihr verschiedene Rezepte kombinieren, macht es Sinn, euch Notizen zu machen, wann welche Vorbereitung stattfinden kann oder was vielleicht sogar schon am Vortag erledigt werden könnte. In der Form haben wir es in dem Menü-Kapitel gemacht.

Liebe deine Lebensmittel

In einigen Rezepten findet ihr Angaben, wie zum Beispiel »hochwertiges« oder »gutes« Olivenöl, weil dann gerade an dieser Stelle die Qualität des Öls entscheidend für den Geschmack des Gerichts ist. Aber in unserer Küche gilt das mittlerweile nicht nur für Öl, sondern generell: je besser die Qualität der Zutaten, desto besser das Gericht! Dieses Credo können wir euch nur ans Herz legen. Egal ob bei Gewürzen, Butter, Ölen, Gemüse und vor allem beim Fleisch. Die Mehrkosten werdet ihr am Ende schmecken.

Vorbereitung ist alles

Wir können euch einen Tipp geben, mit dem ihr einfach auf beiden Seiten viel entspannter startet: Bereitet euch alle Zutaten vorher vor. Wiegt ab, schnippelt Gemüse, messt Flüssigkeiten ab und so weiter! Ihr werdet so viel organisierter in der Küche sein und das erzeugt Harmonie.

Resteverwertung leicht gemacht

Wenn wir kochen, steht immer ein großer Topf mit Wasser und ein paar Gewürzen auf dem Herd. Alle Abschnitte, Abfälle und Co. von Fleisch und/oder Gemüse wandern in diesen Topf und wir kochen regelmäßig leckere Gemüse- und Fleischfonds davon. Diesen Tipp können wir euch nur empfehlen, und wenn ihr mehr Infos dazu haben wollt, schaut auf unserem Blog vorbei.

Alleine gemeinsam kochen

Die Aufgabenverteilung ist vorgegeben, allerdings heißt das nicht, dass man sich nicht helfen kann. Ja, wichtig ist, den anderen machen zu lassen – keiner mag »Du machst das besser so«-Sprüche aus dem Hintergrund. Aber jeder von uns hat Stärken und Schwächen! Nutzt das, tauscht im Zweifel die Bücher. Nach einer gewissen Zeit findet auch ihr in der Küche bei einigen Arbeitsschritten eine klare Aufgabenverteilung. Bei uns ist das nicht anders und es ist gut so, denn ihr seid ein Team. Also kocht und backt auch so.

Geordnetes Chaos

Sauberkeit ist in der Küche unerlässlich. Ihr arbeitet mit Lebensmitteln und mit diesen muss man ordentlich umgehen!

Wie die Küche dann nach dem Kochen und Backen aussehen sollte, das ist eine andere Frage. Und da sind zumindest wir beide mehr als gegensätzlich. Der eine verbreitet Chaos und hat irgendwann fünf Löffel zum Abschmecken daliegen. Und der andere macht sie sofort sauber, räumt sie umgehend weg und sie liegen gleich wieder an ihrem Platz. Hier gilt: Auch in dieser Beziehung seid ihr ein Team und findet euren Flow für einen ordentlichen Arbeitsplatz. Aber nehmt das Thema ernst und handelt danach. Gerade wildes Chaos kann in der Küche dann eben schnell zu Streit führen.

Streiten können

Klar geht es bei uns und auch in diesem Buch um den Spaß am Kochen und Backen. Aber hey, wir wollen uns nichts vormachen. Es wird mit Sicherheit auch mal stressig, es misslingt eine Kleinigkeit oder einer ist ein wenig langsamer! Ob in der Küche oder auch sonst, man muss auch mal streiten können. In der Küche wird es hitzig und bei uns ist hier die Devise: Sobald das fertige Gericht auf dem Tisch steht, ist alles, was vorher in der Küche passiert ist, Geschichte. Also locker bleiben, das Ganze nicht zu verbissen sehen und sich auf das GEMEINSAME Ergebnis freuen. Ein Kuss am Ende ist Pflicht!

STIR THE POT!

KOCHEN

METZGEREI
WERNER

früh übt sich,
wer Meister werden will.

ROADKILL CHICKEN

MIT CHIMICHURRI UND GURKEN-REIS-SALAT

An einem guten Grillhähnchen kommen wir definitiv nie vorbei! Diese Variante, die auch als Platthuhn bekannt ist, ist extra schnell zubereitet und mit dem genialen Chimichurri einfach unwiderstehlich lecker. Ein frischer Salat dazu, und das Schlemmen kann beginnen.

ZUTATEN

FÜR 4 PERSONEN | ZUBEREITUNGSZEIT 60 MINUTEN

FÜR DAS CHICKEN

1 Kikokhähnchen
1 EL Salz
½ TL schwarzer Pfeffer aus der Mühle
4 EL Honig
2 EL hochwertiges Olivenöl

FÜR DAS CHIMICHURRI

1 Schalotte
2 Bund glatte Petersilie
2 Knoblauchzehen
Saft von 1 Bio-Limette
etwas Olivenöl
2 TL grobes Meersalz
1 TL schwarzer Pfeffer aus der Mühle
1 TL getrockneter Thymian
1 TL getrockneter Oregano

AUSSERDEM

Grillpfanne (für den Ofen geeignet)

CHICKEN

Lege das Hähnchen auf die Brustseite mit der Schulterseite zu dir. Setze eine Geflügelschere eng an einer Seite der Wirbelsäule an und schneide bis zum Ende durch. Wiederhole den Vorgang mit der anderen Seite.
Entferne dann mit einem scharfen Messer die Rippchen. Rühre anschließend das Salz, den Pfeffer, den Honig und das Olivenöl in einer kleinen Schüssel zu einer Marinade an und reibe das Hähnchen komplett damit ein.
Heize den Backofen auf 180 °C (Ober-/Unterhitze) vor.
Erhitze die Grillpfanne auf dem Herd auf höchste Temperatur und lege das Hähnchen mit der Hautseite nach unten hinein. Reduziere sofort auf mittlere Temperatur und brate das Hähnchen etwa 10 Minuten goldbraun an. Wende es danach und brate es auf der anderen Seite weitere 10 Minuten. Backe es zum Schluss in der Pfanne im vorgeheizten Ofen etwa 20–25 Minuten.

CHIMICHURRI

Ziehe die Schalotte ab und würfle sie klein. Wasche die Petersilie, tupfe sie trocken und hacke sie ganz fein. Mörsere dann beides alles sehr fein. Ziehe die Knoblauchzehen ab und reibe sie in den Mörser. Schmecke alles mit dem Limettensaft ab, den du ebenfalls hinzugibst.
Gieße unter weiterem Mörsern so viel Olivenöl zu, dass die Masse eine gleichbleibend dickflüssige Konsistenz hat. Mörsere danach die restlichen Zutaten unter. Schmecke das Chimichurri zum Schluss ab.

ANRICHTEN

Verteilt das Chimichurri auf dem Hähnchen und serviert es in der Pfanne. Mit einer Geflügelschere kann das Hähnchen dann zerteilt werden. Dazu reicht ihr den Gurken-Reis-Salat in einer Schüssel.

TIPP

Wenn ihr euch nicht ganz sicher mit dem Zerteilen seid, schaut am besten mal im Internet. Dort gibt es eine Menge Videos, die euch Schritt für Schritt zeigen, wie ihr das Hähnchen korrekt bearbeitet.

STAUB

GEFLÜGELPASTETE
MIT FRISCH GEBACKENEM BROT

Um ehrlich zu sein: Dieses Rezept hätte Torsten wahrscheinlich alleine gemacht. Aber er ist definitiv unser Brotbäcker, und daher musste der Brot-Part an ihn gehen. Doch von ihm kommt auch die Leidenschaft für Pasteten und Terrinen. Eine Rezeptkategorie, die kaum in Kochbüchern zu finden ist! Bei uns schon und unsere Freunde lieben diesen genialen Brotaufstrich.

ZUTATEN

FÜR 4 PERSONEN | ZUBEREITUNGSZEIT 90 MINUTEN | ZIEHEN 1 TAG

FÜR DIE PASTETE

- 2 Schalotten
- 1 Knoblauchzehe
- 300 g Geflügelleber
- 200 g Hähnchenbrustfilet (z. B. Kikok)
- 30 ml Olivenöl plus mehr für die Form
- 3 Zweige Oregano
- 3 Zweige Thymian
- 1 ½ TL Piment d'Espelette
- 100 g durchwachsener Speck
- 70 g flüssige Sahne
- 3 Eier
- 1 Eigelb
- 200 g Schmand
- 2 EL hochwertiger Calvados
- 2 TL Salz
- ½ TL schwarzer Pfeffer aus der Mühle

AUSSERDEM

Mixer oder Zauberstab oder Foodprocessor | Terrinenform

PASTETE

Ziehe die Schalotten und die Knoblauchzehe ab und hacke sie klein. Säubere die Leber und schneide sie und die Hähnchenbrust in grobe Stücke. Erhitze das Olivenöl in einer Pfanne und brate die Stücke darin leicht von allen Seiten bräunlich an. Gib die Schalotten und Knoblauchzehen dazu und brate sie ebenfalls kurz mit an. Nehme anschließend die Pfanne vom Herd und lasse die Mischung abkühlen.

Wasche währenddessen die Kräuter und hacke sie. Püriere sie dann zusammen mit den restlichen Zutaten und der abgekühlten Leber-Hähnchen-Mischung fein.

Heize den Backofen auf 150 °C (Ober-/Unterhitze). Fülle ein tiefes Backblech so hoch mit kochendem Wasser, dass die Terrineform etwa zwei Fingerbreit darin im Wasser stehen kann. Schiebe das Blech dann ohne die Form auf die zweite Schiene von unten in den Ofen.

Streiche die Terrineform mit etwas Olivenöl aus und verteile die pürierte Masse darin. Backe die Pastete zunächst 30 Minuten mit geschlossenem Deckel und danach weitere 30 Minuten ohne Deckel. Sollte sie am Ende der Backzeit noch zu flüssig sein, lasse sie lieber ein paar Minuten länger im Ofen. Ganz fest wird sie aber erst nach dem Auskühlen.

Nimm die fertig gebackene Pastete aus dem Ofen und lasse sie abkühlen. Lasse sie dann vor dem Servieren abgedeckt mindestens 1 Tag im Kühlschrank ziehen.

ANRICHTEN

Schneidet das Brot in Scheiben und serviert es zusammen mit der Pastete.

TIPP

Wer anstelle von Geflügelleber lieber Kalbsleber verwenden möchte, kann Erstere natürlich austauschen. Das gilt ebenso für die Hähnchenbrust: An ihrer Stelle kannst du auch ein Stück vom Kalb verwenden.

HIMMEL UND ÄÄD

Kölsche Jungs sind wir beide nicht, aber Köln ist unsere Heimat geworden. Die offene Lebensart und Toleranz der Kölner, für die sie bekannt sind, hat uns beide hierhin verschlagen. Hier haben wir uns kennen- und lieben gelernt. Aber eben auch die Kölsche Küche! Himmel und Ääd ist DER Klassiker aus der Domstadt, und auch wenn Blutwurst nicht jedermanns Sache ist – probiert es aus!

ZUTATEN

FÜR 2 PERSONEN | ZUBEREITUNGSZEIT 40 MINUTEN

FÜR DEN KARTOFFELSTAMPF

500 g mehligkochende Kartoffeln
3 EL Milch
40 g Butter
1 TL Muskat
Salz

FÜR DIE ZWIEBELN

1 Zwiebel
etwas Mehl
150 g Butterschmalz

KARTOFFELSTAMPF

Bringe Wasser in einem Topf zum Kochen und koche die Kartoffeln mit der Schale darin 25 Minuten gar. Seihe die Kartoffeln anschließend ab, schrecke sie ab, pelle sie und gib sie wieder in den Topf
Erhitze die Milch lauwarm. Stampfe die Kartoffeln dann mit der Butter, dem Muskat und der Milch zu einem Püree. Schmecke den Stampf zum Schluss mit Salz ab.

ZWIEBELN

Ziehe die Zwiebeln ab, schneide sie in Ringe und wende die Ringe anschließend in dem Mehl.
Erhitze das Butterschmalz in einer Pfanne und brate die Zwiebeln darin goldgelb aus. Stelle die fertigen Ringe bis zum Anrichten auf Küchenkrepp beiseite.

ANRICHTEN

Richtet den Kartoffelstampf auf einem Teller an und setzt die Apfelstücke sowie die Blutwurst daneben. Verteilt zuletzt die beiseitegestellten Zwiebelringe darüber.

WILDSCHNITZEL

MIT PILZEN UND BREZENKNÖDELN

Mit einem Schnitzel macht man mich definitiv schon glücklich! Da mein Schwiegervater Jäger ist, ist auch Wild ein typischer Teil unseres Speiseplans. Warum also mal nicht als Wildschnitzel? Zu Knödeln muss ich nichts sagen – ich bin süchtig! Punkt.

ZUTATEN

FÜR 3 PERSONEN | ZUBEREITUNGSZEIT 40 MINUTEN

FÜR DIE PILZRAHMSAUCE

250 g Pilze der Saison
½ Zwiebel
½ Knoblauchzehe
15 g Butter
100 ml trockener Weißwein
200 ml Wildfond
100 g Sahne
100 g Schmand
schwarzer Pfeffer aus der Mühle
Salz
½ Bund glatte Petersilie

FÜR DIE WILDSCHNITZEL

6 Schnitzel vom Wildschwein (à 100 g)
Salz
schwarzer Pfeffer aus der Mühle
100 g Vollkornmehl
1 Ei
100 g Vollkornpaniermehl
25 g Kürbiskerne
4–6 EL Butterschmalz

PILZRAHMSAUCE

Putze die Pilze, reibe sie trocken ab und entferne Erdreste mit einem Küchentuch oder Pinsel. Schneide große Exemplare in 5 mm dicke Scheiben oder viertle sie, kleine können ganz gelassen werden. Ziehe die Zwiebel ab und würfle sie klein. Ziehe den Knoblauch ebenfalls ab und reibe ihn fein. Schmilz die Butter in einem kleinen Topf und brate die Zwiebelwürfel darin glasig an. Mische dann den Knoblauch und die Pilze unter und lasse alles schmoren, bis die Pilze Wasser ziehen. Lösche anschließend die Masse mit dem Weißwein ab und lasse ihn einkochen. Rühre zuletzt den Wildfond, die Sahne und den Schmand unter und reduziere die Sauce bei mittlerer Temperatur um ein Drittel. Sobald sie eine cremige Konsistenz hat, würze sie mit Pfeffer und Salz.
Stelle die Sauce bei niedriger Temperatur bis zum Servieren warm.
Wasche die Petersilie, tupfe sie trocken, hacke sie und stelle sie zum Garnieren beiseite.

WILDSCHNITZEL

Klopfe die Wildschweinschnitzel flach und salze und pfeffere sie von beiden Seiten.
Gib das Mehl und das Paniermehl in je einen Teller und schlage das Ei in einen dritten Teller auf. Zerstoße die Kürbiskerne und mische sie unter das Paniermehl.
Wende die Schnitzel zunächst in dem Mehl, ziehe sie dann durch das Ei und paniere sie zum Schluss in der Paniermehl-Kürbiskern-Mischung, drücke dabei die Panade gut an.

Sobald die Knödelmasse nach der Ruhezeit verarbeitet wird, geht es so weiter

Erhitze das Butterschmalz bei mittlerer Temperatur in einer Pfanne, verwende dabei je nach Größe deiner Pfanne so viel Schmalz, dass die Schnitzel im Schmalz schwimmen. Brate dann die Schnitzel darin von beiden Seiten goldgelb an. Bei Bedarf kannst du die Schnitzel noch ein paar Minuten im Ofen bei 100 °C (Ober-/Unterhitze) warm stellen.

ANRICHTEN
Richtet je zwei Wildschnitzel mit einem Knödel und der Pilzsauce an und bestreut alles zum Schluss mit der Petersilie.

CRÊPES

MIT ZWEIERLEI HERZHAFTEN FÜLLUNGEN

Variantenreiche Rezepte mögen wir einfach extrem gerne. Gerichte, bei denen man sich ausprobieren kann! Crêpes gehören zu diesen Gerichten – man kann sich bei den Füllungen so richtig austoben. Wichtig ist ein gutes Rezept für den Teig – das bekommt ihr, und auch zwei tolle Füllungen. Aber wir können euch nur ermutigen, einfach mal ein wenig zu experimentieren und eure eigenen Lieblingsfüllungen zu kreieren. Zusammen macht das am meisten Spaß!

ZUTATEN

FÜR 8 CRÊPES | ZUBEREITUNGSZEIT 40 MINUTEN

FÜR DIE CRÊPES
40 g Butter
3 Eier
300 ml Milch
150 g Weizenmehl Type 405
1 Prise Salz

ZUM AUSBACKEN
etwas Butterschmalz
oder 1–2 EL neutrales Pflanzenöl

CRÊPES

Schmilz die Butter bei niedriger Temperatur in einem Topf.
Schlage die Eier und die Milch in einer Schüssel mit einem Schneebesen auf. Rühre dann zunächst die geschmolzene Butter und danach das Mehl so unter, dass keine Klümpchen entstehen.
Erhitze das Butterschmalz bei mittlerer Temperatur in einer Pfanne oder fette eine Pfanne bei mittlerer Temperatur ein. Backe aus dem Teig darin nacheinander dünne Crêpes aus und stelle sie im auf 80 °C vorgeheizten Backofen warm.

ANRICHTEN

Legt eine fertige Crêpe auf die Arbeitsfläche und gebt 2–3 EL der jeweiligen Füllung in die Mitte der Crêpe. Streicht die Füllung ein wenig glatt und klappt die Ränder der Crêpe zur Füllung hin so zusammen, dass sie sie verschließen. Richtet die Crêpe mit der Verschlussseite nach unten auf einem Teller an.

TIPP

Eine große Hilfe, um Crêpes zu backen, ist eine spezielle Crêpe-Pfanne oder ein Crêpe-Maker. Solltet ihr Fans des französischen Klassikers sein, lohnt sich diese Anschaffung definitiv!

RINDERFILET

MIT RICOTTA-TRÜFFEL-RAVIOLI

Manchmal muss man schon etwas dicker auftragen, oder?! Zum Jubiläum, Hochzeitstag oder auch nur für einen schönen Abend zu zweit. Rinderfilet, Trüffel, selbst gemachte Ravioli – brezelt euch ordentlich auf und genießt dieses Festmahl, das ihr auch noch gemeinsam auf den Tisch gebracht habt!

ZUTATEN

FÜR 2 PERSONEN | ZUBEREITUNGSZEIT 70 MINUTEN

FÜR DAS FLEISCH

360 g Rinderfilet (Mittelstück)
etwas Butterschmalz

FÜR DIE SAUCE

einige Filetabschnitte
1 Zwiebel
2 Knoblauchzehen
200 ml Rotwein
1 Glas Rinderfond (400 ml)
1 Zweig Rosmarin

ZUM ANRICHTEN

schwarzer Pfeffer aus der Mühle

AUSSERDEM

Fleischthermometer | Auflaufform

FLEISCH

Schneide aus dem Rinderfilet das Mittelstück. Oder bestelle dir beim Metzger das Mittelstück vom Rinderfilet; lasse dir in diesem Fall aber ein paar Abschnitte für die Sauce mitgeben.
Heize den Backofen auf 160 °C (Umluft) vor.
Brate das Filet in einer Pfanne mit ein wenig Butterschmalz von allen Seiten scharf an und gib es anschließend in die Auflaufform. Wir empfehlen ab hier die Verwendung eines Fleischthermometers. Stecke es in das Fleisch und lasse das Filet dann im vorgeheizten Ofen etwa 20–30 Minuten garen. Sobald die Kerntemperatur von 55 °C erreicht ist, nimm das Filet aus dem Ofen. Wickle es anschließend in Alufolie und stelle es warm, bis die Ravioli fertig sind.

Beginnt, den Nudelteig auszurollen und die Ravioli fertigzustellen (siehe Teilrezepte).

SAUCE

Brate die Filetabschnitte in einer Pfanne bei hoher Temperatur scharf an. Ziehe die Zwiebel ab und würfle sie fein. Ziehe den Knoblauch ab und reibe ihn. Mische dann beides unter das Filet und brate alles bei hoher Temperatur an, bis die Zwiebelwürfel schön dunkel sind. Lösche anschließend mit dem Rotwein und dem Rinderfond ab. Wasche den Rosmarin, tupfe ihn trocken und füge den Zweig hinzu.

Lasse den Saucenansatz dann bei niedriger Temperatur so lange köcheln, bis die Flüssigkeit um mindestens ein Drittel reduziert ist. Gieße zum Schluss die Sauce durch ein Sieb in einen Topf ab und stelle sie bis zum Anrichten warm.

ANRICHTEN

Schneidet das Filet auf und richtet es mit drei bis vier Ravioli und Sauce auf einem Teller an. Mahlt zum Schluss etwas Pfeffer darüber.

TIPP

Fleischthermometer bekommt ihr mittlerweile auch super günstig. So oder so werdet ihr nie wieder darauf verzichten wollen, denn gutes Fleisch ist viel zu schade, um zur Schuhsohle gegart zu werden.

CHICKEN KORMA

MIT NAANBROT

Sehr scharfe Gerichte sind nicht so ganz meins. Aber in der indischen Küche gibt es ja auch mildere Varianten! Chicken Korma ist mein absoluter Favorit, denn die cremige Currysauce ist einfach unfassbar lecker.

ZUTATEN

FÜR 4 PERSONEN | ZUBEREITUNGSZEIT 40 MINUTEN

FÜR DAS CHICKEN KORMA

1 Knoblauchzehe
1 kirschgroßes Stück Ingwer
1 große Zwiebel
3 Hähnchenbrustfilets
2 TL Rapsöl
2 TL Salz
4 TL Curry
1 TL Garam Masala
1 TL Paprikapulver
1 TL Tomatenmark
1 EL passierte Tomaten
5 EL gemahlene Mandeln
300 ml Hühnerbrühe
100 g Joghurt

CHICKEN KORMA

Ziehe die Knoblauchzehe ab und schäle den Ingwer. Ziehe die Zwiebel ebenfalls ab und viertle sie. Gib alles in einen hohen Mixbecher, gieße etwas kaltes Wasser auf und püriere anschließend die Mischung mit einem Stabmixer.

Schneide die Hähnchenbrust in mundgerechte Stücke. Erhitze das Öl in einem Topf und brate die Hähnchenbrust darin 3–4 Minuten scharf an. Rühre danach die pürierten Zutaten gründlich unter.

Füge die Gewürze zu und lasse die Mischung unter Rühren einige Minuten köcheln.

Rühre zum Schluss nacheinander das Tomatenmark, die passierten Tomaten, die gemahlenen Mandeln, die Brühe und den Joghurt ein.

Lasse das Chicken Korma zunächst aufkochen und dann bei niedriger Temperatur 20 Minuten köcheln, bis es eine dickliche und cremige Konsistenz hat.

ANRICHTEN

Richtet ein paar Löffel Reis in einer Schale an und verteilt das Chicken Korma darüber. Bestreut das Gericht mit etwas gehacktem Koriander und reicht das Naan-Brot separat dazu.

GNOCCHI

MIT PESTO PEPPERONCINI

Gnocchi mag irgendwie jeder total gerne und ihr werdet überrascht sein, wie easy ihr die kleinen Teigkugeln selber zubereiten könnt. Das hat mit den Gnocchi aus dem Kühlregal nix zu tun! Dazu gibt es ein super schnell gemachtes feuriges Pesto, das euch ordentlich einheizt. Fröhliches Schwitzen!

ZUTATEN

FÜR DIE GNOCCHI

600 g mehligkochende Kartoffeln
Salz
300 g Pastamehl (Farina)
1 Eigelb
Mehl für die Arbeitsfläche

ZUM ANRICHTEN

etwas Parmesan am Stück

FÜR 4 PERSONEN I ZUBEREITUNGSZEIT: 30 MINUTEN (WENN DIE KARTOFFELN AM VORTAG ZUBEREITET WERDEN)

GNOCCHI

Bringe Wasser in einem großen Topf zum Kochen, salze es und koche die Kartoffeln mit der Schale darin gar. Pelle anschließend die Kartoffeln und stampfe sie zu einem feinen Püree. Füge zunächst das Pastamehl, dann das Eigelb und 1 TL Salz zu und vermenge alles gründlich zu einem Teig. Lasse ihn anschließend 20 Minuten ruhen.

Bestaube die Arbeitsfläche leicht mit Mehl. Forme aus dem Teig darauf drei etwa daumendicke Rollen und steche mit einer Teigkarte oder einem Messer 2 cm breite Stücke von den Rollen ab. Drücke die Stücke jeweils mit den Zinken einer Gabel etwas flach zu Gnocchi.

Bringe Wasser in einem großen Topf zum Kochen und salze es. Koche die Gnocchi nacheinander darin gar, indem du immer so viele in den Topf gibst, dass sie nicht aneinanderkleben. Die Gnocchi sind gar, wenn sie oben schwimmen. Nehme sie jeweils mit einem Schaum- oder Schöpflöffel heraus.

ANRICHTEN

Richtet die Gnocchi sofort auf einem Teller an, gebt das Pesto darüber und hobelt nach Geschmack etwas von dem Parmesan darüber.

TIPP

Unsere Erfahrung zeigt, dass die Kartoffeln am besten zu verarbeiten sind, wenn ihr sie schon am Vortag gekocht habt.

SPAGHETTI AGLIO E OLIO
MIT KABELJAU IM SPECKMANTEL

Mit Bacon ist alles besser, oder? Also auch Fisch? Die italienische Küche ist eine unserer liebsten, denn sie zeigt, dass man mit wenigen Zutaten in bester Qualität ein Aromenfeuerwerk entfachen kann. Spaghetti in einem guten Olivenöl reichen da voll und ganz aus.

ZUTATEN

FÜR 2 PERSONEN | ZUBEREITUNGSZEIT 30 MINUTEN

FÜR DIE PASTA
5 Knoblauchzehen
5 Artischockenherzen
50 ml hochwertiges Olivenöl
1 TL Salz
200 g Spaghetti

PASTA
Ziehe den Knoblauch ab und schneide ihn in Scheiben. Viertle die Artischockenherzen.
Erhitze dann das Olivenöl in einer Pfanne mit hohem Rand und schwitze den Knoblauch und die Artischockenherzen-Viertel darin bei mittlerer Temperatur 15 Minuten an.
Bringe Wasser in einem großen Topf zum Kochen, salze es und koche die Spaghetti darin al dente. Seihe sie anschließend ab.
Mische die Spaghetti zum Schluss gründlich unter das Gemüse in der Pfanne und halte die fertige Pasta bei geringer Temperatur darin warm, bis der Fisch fertig ist.

ANRICHTEN
Die Spaghetti gemeinsam mit dem Fischfilet anrichten.

GESCHMORTES LAMM

MEDITERRANE ART

Lammfleisch mögen wir beide total gerne, aber es muss gut und aromatisch sein. Es soll eben nicht dieses muffige Aroma mitbringen! Wir sind große Fans von isländischem Lamm, das sehr mild im Geschmack ist. Dieses Schmorgericht wird so oder so jeden »Zweifler« überzeugen.

ZUTATEN

FÜR DAS LAMMFLEISCH
3–4 EL Olivenöl
1,5 kg Lammschulter mit Knochen
1 kg Hinterhaxe vom Lamm mit Knochen

FÜR DIE NUDELN
300 g Pasta nach Wahl
Salz

FÜR 4 PERSONEN | ZUBEREITUNGSZEIT 30 MINUTEN | SCHMORZEIT 2 STUNDEN

LAMMFLEISCH

Erhitze das Olivenöl in einem großen Topf und brate das Lammfleisch darin von allen Seiten scharf an. Nimm das Fleisch aus dem Topf und stelle das Fleisch dann beiseite.

Jetzt das Gemüse zubereiten (siehe Teilrezept).

Lege das angebratene Lammfleisch auf das Gemüse im Topf. Reduziere die Temperatur so, dass alles leicht köchelt, und schmore das Fleisch mit geschlossenem Deckel etwa 2 Stunden.
Hebe das Fleisch anschließend vorsichtig heraus und lasse es auf einem Teller bis zum Anrichten ruhen.

NUDELN

Erhitze Wasser in einem großen Topf, salze es und koche die Nudeln darin gar.

ANRICHTEN

Richtet das Lammfleisch mit dem Gemüse, der Sauce und den Nudeln auf einer Fleischplatte an.

DELUXE-BURGER

MIT RÖSTZWIEBEL-AIOLI UND BRIOCHE-BUNS

Burger gibt es bei uns tatsächlich gar nicht so oft, aber wenn, dann richtig. Brioche-Buns sind uns da am liebsten, und damit habt ihr schon ein geniales Grundrezept für etliche Burger! Für mich gibt es zu diesen Burgerbrötchen keine Alternative!

ZUTATEN

FÜR 6 PERSONEN | ZUBEREITUNGSZEIT 30 MINUTEN | GEHZEIT 105 MINUTEN

FÜR DIE BUNS

50 ml Milch
80 g Butter
30 g Zucker
1 Würfel frische Hefe
500 g Weizenmehl Type 550 plus mehr für die Arbeitsfläche
1 TL Salz
1 Ei
2 EL Milch

BUNS

Erwärme 200 ml Wasser und die Milch in einem Topf. Lasse die Butter und den Zucker darin schmelzen. Löse dann die Hefe darin auf.

Gib das Mehl und das Salz in eine Rührschüssel, in eine kleine Mulde in der Mitte gibst du die Hefe-Mischung und knetest dann beides in 10 Minuten zu einem glatten Teig. Bedecke den Teig mit einem Tuch und lasse ihn an einem warmen Ort 1 Stunde gehen.

Bestaube die Arbeitsfläche leicht mit Mehl. Teile den Teig in zwölf gleich große Teile auf, lege nacheinander ein Stück unter der hohlen Handfläche auf die Arbeitsfläche und wirke den Teig durch Rundbewegungen der Hand zu einer Kugel.

Verteile die Kugeln auf einem mit Backpapier ausgelegten Backblech und lasse sie abgedeckt erneut an einem warmen Ort 45 Minuten gehen.

Heize den Backofen auf 200 °C (Ober-/Unterhitze) vor.

Vermische das Ei mit 2 EL Wasser und der Milch in einem Glas und bestreiche die Oberfläche der fertig gegangenen Teiglinge mit der Mischung. Backe die Buns im vergeheizten 16 Minuten.

Lasse sie anschließend auf einem Kuchengitter abkühlen.

ANRICHTEN

Schneidet jeweils ein Bun auf und bestreicht die Schnittfläche der oberen Hälfte, also des Deckels, mit der BBQ-Sauce. Belegt dann die untere Hälfte in der folgenden Reihenfolge: Verstreicht zuerst etwas von der Röstzwiebel-Aioli, darauf kommen ein paar von den Rucolablättern, dann folgen eines der Burger-Patties mit Cheddar und ein paar der Pilzscheiben. Zuletzt schließt ihr den Burger mit dem Bun-Deckel.

LET THEM EAT CAKE!

BACKEN

SCHOKOTORTE

MIT NOUGAT-GANACHE

Nougat!!! Das ist das Zauberwort. Eine meiner liebsten Backzutaten ... wobei: generell aller Zutaten. Egal ob als Praline oder Riegel. Dieser Kuchen ist alleine daher schon eine Wucht, aber die Torte ist auch noch eine echte Schokobombe. Wenn ihr also mal so richtig sündigen wollt, dann backt direkt mal los. Dann geht's halt am nächsten Tag 30 Minuten länger auf den Crosstrainer.

ZUTATEN

FÜR DEN BODEN

125 g Butter plus mehr für die Form
190 g Mehl plus mehr für die Form
100 g Zartbitterschokolade
6 g Backpulver
25 g Backkakao
150 g Feinzucker
1 TL Vanilleextrakt
2 Eier
190 ml Milch
1 Prise Salz

AUSSERDEM

Springform (26 cm Ø) | Tortenring

FÜR 1 TORTE | ZUBEREITUNGSZEIT 20 MINUTEN | KÜHLZEIT MINDESTENS 120 MINUTEN

BODEN

Heize den Backofen auf 180 °C (Ober-/Unterhitze) vor.
Lege den Boden der Springform mit Backpapier aus und fette und bemehle die Seiten der Form.
Hacke die Schokolade klein. Schmilz sie und die Butter gemeinsam über einem Wasserbad oder in der Mikrowelle und stelle sie beiseite.
Vermische das Mehl mit dem Backpulver und dem Backkakao in einer Rührschüssel.
Füge dann den Zucker, den Vanilleextrakt, die Eier, die Milch sowie die flüssige Butter und flüssige Schokolade zu. Vermenge anschließend alles zu einem glatten Teig.
Fülle den Teig in die Form und backe den Tortenboden im vorgeheizten Ofen etwa 40 Minuten. Mache eine Stäbchenprobe; wenn kein roher Teig mehr am Stäbchen kleben bleibt, kannst du den Boden dem Ofen nehmen.
Lasse den Boden zunächst 10 Minuten in der Form abkühlen und stürze ihn danach auf ein Kuchengitter.

FERTIGSTELLEN UND ANRICHTEN

Sobald der Boden ausgekühlt ist, befestigt den Tortenring um ihn und gebt die Ganache auf den Boden. Verstreicht sie sofort und lasst die Torte im Kühlschrank mindestens 2 Stunden ruhen.

TIPP

Nehmt den Kuchen etwa 1 Stunde vor dem Servieren aus dem Kühlschrank. So ist die Ganache schön zart und entfaltet ihr Aroma deutlich besser!

OMA LORES FRANKFURTER KRANZ

Ich habe keine Ahnung warum, aber Frankfurter Kranz gab es in meiner Kindheit so gar nicht. Wir haben viel gebacken, aber diesen Klassiker hatte weder meine Mutter noch die Omas in petto. Gemeinsam mit Torsten habe ich ihn dann das erste Mal gebacken und war ein wenig skeptisch, da er ohne Marmelade zubereitet wird, aber der Teig und vor allem die Creme sind so lecker. Da braucht es gar nicht mehr!

ZUTATEN

FÜR 1 TORTE I ZUBEREITUNGSZEIT 80 MINUTEN

FÜR DEN BODEN

5 Eier
150 g weiche Butter plus mehr für die Form
230 g Zucker
220 g Weizenmehl Type 405 plus mehr für die Arbeitsfläche
80 g Speisestärke
1 Prise Salz
3 TL Backpulver

ANRICHTEN

Krokant
Amarenakirschen

AUSSERDEM

1 Springform (24 cm Ø) mit Rohrboden oder Kranzform

BODEN

Heize den Backofen auf 160 °C (Ober-/Unterhitze) vor.

Gib die Eier, die Butter und den Zucker in eine Rührschüssel und schlage die Masse schaumig.

Vermische dann das Mehl, die Stärke, das Salz und das Backpulver miteinander, gib die Mischung zur Masse in die Schüssel und vermenge alles gründlich zu einem Teig.

Fette und bemehle die Springform. Fülle den Teig in die Form und backe den Boden im vorgeheizten Ofen 45 Minuten. Mache eine Stäbchenprobe; wenn kein roher Teig mehr am Stäbchen kleben bleibt, kannst du den Boden aus dem Ofen nehmen.

Lasse ihn anschließend auf einem Kuchengitter komplett abkühlen.

FERTIGSTELLEN

Schneidet den Boden horizontal in drei Teilböden. Der untere darf gerne etwas dicker sein als die oberen beiden. Bestreicht zunächst den unteren Boden mit der Buttercreme. Setzt dann den mittleren Boden darauf, bestreicht ihn ebenso mit der Creme und setzt den dritten darauf. Streicht den Kranz zum Schluss auch von außen mit Buttercreme ein.

Stellt die Torte bis zum Servieren kalt.

ANRICHTEN

Dekoriert den Kranz mit Krokant und verziert ihn zusätzlich mit ein paar aufgespritzten Buttercreme-Rosen oder -Tupfern. Setzt zum Schluss noch Amarenakirschen oben auf die Tupfer.

TIPP

Wer es nicht lassen kann, darf natürlich noch eine Schicht Marmelade zwischen die Böden streichen, so wie es das Original verlangt. ABER: Wer Oma Lores Frankfurter Kranz im Original genießen möchte, dem rate ich dringend davon ab ;-) …

SCHWARZWÄLDER KIRSCHTORTE

Meine absolute Lieblingstorte – Punkt! Wer kennt sie nicht schon seit Kindertagen, die gute alte Schwarzwälder Kirschtorte. Meine Mama hat sie immer selbst gebacken. Ich war stets dabei und heute machen wir unsere ganz eigene Version einer Schwarzwälder Kirschtorte. Gepaart mit dem »Dripping Cake«-Trend, entsteht eine optisch moderne Version mit dem vollen Geschmack des Klassikers.

ZUTATEN

FÜR 1 TORTE | ZUBEREITUNGSZEIT 70 MINUTEN

FÜR DEN BODEN

140 g dunkle Kuvertüre
40 g Butter
6 Eigelb
90 g Zucker
6 Eiweiß
100 g Weizenmehl Type 405
50 g Speisestärke
2 TL Backpulver

AUSSERDEM

1 oder 2 Springformen (20 cm Ø) | Tortenring

BODEN

Schmilz die Kuvertüre mit der Butter langsam über dem Wasserbad und lasse die Mischung anschließend leicht abkühlen. Schlage währenddessen das Eigelb mit dem Zucker schaumig. Schlage dann aus dem Eiweiß einen festen Eischnee. Mische das Mehl mit der Speisestärke und dem Backpulver. Stelle alles beiseite.

Heize den Backofen auf 175 °C (Ober-/Unterhitze) vor.

Lege die Springform(en) mit Backpapier aus; solltest du nur eine Springform haben, backe später die Böden nacheinander.

Rühre die leicht abgekühlte Butterkuvertüre unter die Eigelb-Zucker-Masse. Hebe danach den Eischnee vorsichtig unter. Füge zuletzt die Mehlmischung zu und hebe auch diese vorsichtig unter.

Fülle den fertigen Teig gleichmäßig in die zwei Springformen oder backe jede Hälfte nacheinander im vorgeheizten Ofen etwa 30 Minuten. Mache eine Stäbchenprobe; wenn kein roher Teig mehr am Stäbchen kleben bleibt, kannst du den Boden aus dem Ofen nehmen.

Lasse sie anschließend auf einem Kuchengitter auskühlen. Teile nun einen der Böden nochmals in der Hälfte, sodass du am Ende drei Böden hast.

FERTIGSTELLEN

Legt für die unterste Schicht der Torte einen Tortenring um den dicken Boden, tränkt den Boden mit dem Kirschwasser und verstreicht etwa zwei Drittel der Kirschfüllung darauf.

Setzt für die mittlere Schicht der Torte den nächsten Boden darauf, verteilt die restliche Kirschmasse mittig darauf und verstreicht die Hälfte der Sahnefüllung gleichmäßig darüber.

Setzt dann für die oberste Schicht den letzten Boden auf die Sahnefüllung und streicht den Boden mit so viel Sahne glatt, dass eine ebene Fläche entsteht. Die restliche Sahne verwendet ihr zum Dekorieren.

Stellt die Torte mindestens 1 Stunde kalt und nehmt erst danach den Tortenring ab.

ANRICHTEN

Schmelzt die Kuchenglasur und verziert den Rand der Torte so, dass Tropfen nach unten laufen. Setzt mit der Sahne, die von der Füllung übrig ist, Tupfer oben auf die Torte. Verziert die Tupfer mit den beiseitegestellten Kirschen und streut zum Schluss die Schokoraspel über die Torte.
Stellt sie bis zum Servieren erneut kalt.

GEDECKTER APFELKUCHEN

Meine Mutter hat während meiner Kindheit in einer Konditorei gearbeitet. Ein toller Nebeneffekt war, dass sie nachmittags oft mit verunglückten Kuchen und Teilchen nach Hause kam ... vielleicht kommt daher die Vorliebe für süßes Gebäck bei mir. Gedeckter Apfelkuchen war öfters dabei, denn mit gerissenem Deckel ging der nicht in den Verkauf. Bis heute ist dieser Kuchen einer meiner absoluten Lieblinge und musste ins Buch!

ZUTATEN

FÜR DEN BODEN

400 g Weizenmehl Type 405 plus mehr für die Arbeitsfläche
2 Eier
100 g Zucker
200 g kalte Butter
1 TL Backpulver
2 TL Vanillezucker

ZUM ANRICHTEN

500 g Puderzucker

AUSSERDEM

Springform (26 cm Ø)

ZUBEREITUNGSZEIT 45 MINUTEN | KÜHLZEIT 60 MINUTEN

BODEN

Gib alle Zutaten in eine Schüssel und verknete sie miteinander zu einem Teig. Achte dabei darauf, dass du nicht zu stark knetest, denn dann kann der Teig zu fest werden. Es sollten eher Teigbrösel sein, die du dann zu einer homogenen Teigmasse verknetest.
Wickle den Teig in Frischhaltefolie und lasse ihn 1 Stunde im Kühlschrank ruhen.

Die Apfel-Füllung zubereiten (siehe Teilrezept).

FERTIGSTELLUNG

Bestaubt die Arbeitsfläche mit Mehl. Teilt den Teig im Verhältnis $^2/_3$ und $^1/_3$. Rollt das erste Teigstück auf der Arbeitsfläche etwas größer als eure Backform aus und kleidet die Backform, inklusive Rand, damit komplett aus. Schneidet dann die Überstände ab.
Verteilt anschließend die Füllung auf dem Teigboden.
Heizt den Backofen auf 180 °C (Ober-/Unterhitze) vor.
Rollt dann den zweiten Teil des Teiges aus und legt ihn auf die Füllung. Schneidet die Überstände wieder ab, drückt die Teigplatten mit den Fingern etwas zusammen. Backt den Kuchen im vorgeheizten Ofen etwa 20–25 Minuten.
Nehmt anschließend das Blech aus dem Ofen und lasst den Kuchen in der Form ca. 10 Minuten abkühlen. Anschließend dann komplett auf einem Kuchengitter auskühlen lassen.

DOUGHNUT

MIT MONIS HERRENCREME

Ich mochte Doughnuts schon immer, aber seit unserem Urlaub in Brooklyn bin ich verrückt danach! Leider bekommt man in Deutschland kaum so gute und ein Berliner ist doch noch mal ein wenig anders – zumindest habe ich das Gefühl. Also wurde es höchste Zeit, selbst Doughnuts zu backen, und wie für viele sehr leckere Dinge gilt auch hier: »Gut Ding will Weile haben!« Lasst euch nicht abschrecken von den Gehzeiten, denn es lohnt sich. Dazu kommt die geniale Herrencreme meiner Mama als Füllung – und wir dürfen alle in den Doughnut-Himmel schweben.

ZUTATEN

FÜR DEN TEIG

250 g Mehl 550 plus mehr für die Arbeitsfläche, das Backblech und den Pfannenwender
1 ½ TL Salz
40 g Zucker
7 g frische Hefe
2 Eier (M)
65 g weiche Butter
½ TL neutrales Pflanzenöl

ZUM FRITTIEREN

2 l Frittieröl

ZUM ANRICHTEN

200 g Zucker
2 Päckchen Kuchenglasur

AUSSERDEM

Spritzbeutel mit Spritztülle | Küchenthermometer

FÜR 10 DOUGHNUTS | ZUBEREITUNGSZEIT 50 MINUTEN | GEHZEIT ÜBER NACHT PLUS 8 STUNDEN

TEIG

Bereite den Teig am Vortag vor. Vermische dafür das Mehl mit dem Salz in einer Rührschüssel.

Gieße 75 ml lauwarmes Wasser in einen hohen Rührbecher, füge den Zucker hinzu und krümle die Hefe hinein. Verrühre alles, bis sich die Hefe aufgelöst hat.

Füge dann das Hefewasser und die Eier der Mehlmischung zu und knete alles in einer Küchenmaschine bei mittlerer Geschwindigkeit 8 Minuten zu einem Teig. Wenn der Teig sich vom Rand löst und eine Teigkugel um den Knethaken entstanden ist, beende den Knetvorgang und lasse den Teig 1–2 Minuten ruhen.

Knete anschließend die Butter nacheinander in drei Portionen unter und knete den Teig noch mal 5 Minuten bei mittelhoher Geschwindigkeit durch. Der Teig ist dann elastisch und glänzend.

Bestreiche eine Schüssel leicht mit Öl und gib den Teig hinein. Bedecke die Schüssel mit Frischhaltefolie und lasse den Teig an einem warmen Ort 3–4 Stunden gehen.

Bestaube anschließend die Arbeitsfläche mit Mehl. Knete den Teig auf der Fläche von Hand nochmals 1–2 Minuten durch. Gib ihn danach wieder zurück in die Schüssel, decke sie erneut mit Frischhaltefolie ab und lasse den Teig im Kühlschrank über Nacht gehen.

Verarbeite den Teig am nächsten Tag weiter. Teile ihn dafür in zehn 50 g schwere Stücke und rolle dann jedes zu einer Kugel. Setze die Kugeln mit etwas Abstand auf ein bemehltes Backblech, bedecke das Blech mit Frischhaltefolie und lasse den Teig erneut 3–4 Stunden an einem warmen Ort gehen.

Gieße dann das Frittieröl in einen Topf und erhitze es auf 180 °C. Das kontrollierst du am besten mit einem Küchenthermometer. Bestaube einen Pfannenwender mit Mehl. Nimm mit dem Pfannenwender zwei bis drei

Teigbälle vorsichtig vom Backblech und setze sie in das Frittieröl. Frittiere die Doughnuts von jeder Seite ungefähr 2 Minuten goldbraun, nimm sie mit einem Schaumlöffel heraus und lasse sie auf Küchenkrepp abtropfen. Verarbeite die restlichen Teigkugeln genauso und achte dabei auf eine konstante Frittiertemperatur.

ANRICHTEN

Schmelzt die Kuchenglasur und füllt sie in eine Schüssel, die groß genug ist, dass man die Doughnuts mit einer Seite hineintunken kann. Wendet die noch warmen Doughnuts in dem Zucker und tunkt einige auch noch mit einer Seite in die Kuchenglasur.
Legt die Doughnuts anschließend auf ein Kuchengitter und lasst sie komplett erkalten.
Stecht dann mit der Rückseite eines Holzlöffels ein Loch in jeden Doughnut. Gebt die Füllung in einen Spritzbeutel mit Sterntülle, setzt die Tülle an das Loch und füllt den Doughnut vorsichtig mit der Creme.

TIPP

Haltet die Gehzeiten auf jeden Fall ein und behandelt die Teiglinge am Ende sehr sorgfältig. So werden sie so wundervoll luftig und zart, wie ein Doughnut eben sein soll!

TARTELETTES

MIT MASCARPONECREME, KIRSCHEN UND PISTAZIEN

So eine große Torte kann ja manchmal auch sehr abschreckend sein ... also, habe ich mal gehört. Aber so eine kleine feine Tartelette geht doch immer, oder? Die Mascarponecreme ist super erfrischend und die Portwein-Kirschen setzen dem Törtchen die Krone auf. Für meinen Vater die Nummer eins in der Kategorie Backen!

ZUTATEN

FÜR DEN TEIG

- 100 g Butter plus mehr für die Förmchen
- 70 g Zucker
- 1 Ei (Größe M)
- 200 g Mehl plus mehr für die Arbeitsfläche und die Förmchen
- 1 ½ TL Backpulver

ZUM ANRICHTEN

- 25 g gehackte Pistazien

AUSSERDEM

- 6 Tartelette-Förmchen

FÜR 6 TARTELETTES | ZUBEREITUNGSZEIT 45 MINUTEN | KÜHLZEIT 2 STUNDEN ODER ÜBER NACHT

TEIG

Schlage die Butter mit dem Zucker sehr schaumig, gib das Ei hinzu und verrühre alles gründlich.

Vermische das Mehl und das Backpulver in einer Schüssel mit einem Schneebesen. Gib die Buttermasse dazu und verknete alles mit einem Rührlöffel, bis ein homogener Teig entsteht.

Wickle den Teig in Frischhaltefolie und stelle ihn für mindestens 2 Stunden oder über Nacht kalt.

Bestaube anschließend die Arbeitsfläche mit Mehl. Teile den Teig in vier Portionen und rolle jede einzelne auf der Fläche leicht aus.

Heize den Backofen auf 200 °C Ober-/Unterhitze vor.

Fette die Tartelette-Förmchen ein und bestaube sie mit Mehl. Drücke die ausgerollten Teigportionen in die Formen und steche mit einer Gabel Löcher in den Boden. Backe dann die Tartelettes im vorgeheizten Ofen etwa 15–20 Minuten goldbraun.

Lasse sie anschließend komplett in der Form abkühlen. Danach kannst du sie aus der Form lösen oder in der Form lassen, so wie du es magst.

ANRICHTEN

Befüllt die Tartelettes mit der Mascarponecreme und streicht sie glatt.

Verteilt dann 1–2 EL der Portwein-Kirschen darauf und bestreut die Tartelettes zum Schluss mit den Pistazien.

BROWNIES

MIT WHISKY-FROSTING

Auch in diesem Buch wird man sich denken, dass wir gerade in Bezug auf Backen große Fans der amerikanischen Küche sind. Cookies, Cupcakes, Pancakes oder eben auch Brownies lieben wir sehr! Aber Brownies mag, nach unserer Erfahrung, eigentlich jeder. Durch den rauchigen Whisky bekommt die Schokolade im Teig einen genialen Begleiter – ein Paar, das wir euch nur ans Herz legen können.

ZUTATEN

FÜR 1 KUCHEN I ZUBEREITUNGSZEIT 45 MINUTEN

FÜR DEN TEIG

250 g Butter
300 g brauner Zucker
200 g Schokolade (70 % Kakaoanteil)
2 TL Vanillepaste
140 g Kakao
1 Prise Salz
3 Eier
150 g Mehl

AUSSERDEM

1 Brownie-Form (etwa 22 x 22 cm)

TEIG

Gib alle Zutaten außer den Eiern und dem Mehl in einen Topf. Schmilz die Mischung bei mittlerer Temperatur und verrühre sie dann zu einer homogenen Masse. Lasse sie anschließend ein paar Minuten auf Handwärme abkühlen.
Heize den Backofen auf 160 °C (Ober-/Unterhitze) vor.
Schlage dann die Eier in einer Rührschüssel auf. Lasse sie unter Rühren in einem dünnen Strahl zur Schokomasse laufen. Vermenge alles zuletzt mit dem Mehl zu einem Teig.
Lege die Browniefom mit Backpapier aus, verteile den Teig darin und streiche ihn zum Schluss glatt. Backe den Brownie im vorgeheizten Ofen etwa 25 Minuten. Lasse ihn anschließend in der Form 10 Minuten abkühlen. Nimm ihn dann heraus und lasse ihn auf einem Kuchengitter komplett erkalten.

ANRICHTEN

Schneidet den Kuchen in Quadrate und richtet ihn auf einer Kuchenplatte an.

PEANUT-ICECREAM-SANDWICH

ICH LIEBE EIS! Keine Ahnung, warum, aber ein Eis geht bei mir immer. In New York habe ich mein erstes Icecream-Sandwich gegessen und war begeistert. Die Kombi ist so genial und mittlerweile findet man sie auch mehr und mehr bei uns. Wenn ihr euch etwas gönnen wollt, dann legt am besten direkt los. Oder macht sie für liebe Freunde – sie werden euch dafür knutschen!

ZUTATEN

FÜR DIE EISCREME

225 ml Milch
50 g Zucker
25 g brauner Zucker
150 g Erdnussmus
200 g Sahne

ZUM ANRICHTEN

100 g Erdnüsse

AUSSERDEM

Eismaschine

FÜR 7 ICECREAM-SANDWICHES I ZUBEREITUNGSZEIT 20 MINUTEN I KÜHLZEIT 3 STUNDEN ODER ÜBER NACHT PLUS 2 STUNDEN

EISCREME

Gib die Milch, den weißen und brauen Zucker und das Erdnussmus in einen Topf und erhitze unter Rühren die Mischung bei mittlerer Temperatur so lange, bis sich das Mus und der Zucker aufgelöst haben. Nimm anschließend den Topf vom Herd und lasse die Flüssigkeit abkühlen.
Mische danach die Sahne unter und stelle die Creme mindestens 3 Stunden oder über Nacht im Kühlschrank kalt.
Fülle dann die Masse in die Eismaschine und starte, je nach Maschine, das Eisprogramm.
Fülle das Eis nach dem Beenden des Programms in eine verschließbare Box und lasse das Eis im Gefrierfach mindestens 2 Stunden nachfrieren.

FERTIGSTELLEN

Nehmt je ein Cookie, setzt mit einem Eisportionierer oder mit einem Esslöffel eine große Kugel Eis in die Mitte. Setzt dann einen zweiten Cookie darauf und drückt das Eis ein wenig platt, sodass sich die Creme bis zu den Rändern verteilt. Streicht die Creme zum Schluss rundherum glatt.

ANRICHTEN

Hackt die Erdnüsse und wendet die Sandwiches seitlich darin. Gebt sie sofort wieder in den Tiefkühler und stellt sie dort weiterhin bis zum Servieren kalt.

TIPP

Solltet ihr keine Eismaschine haben, dann geht es natürlich auch ohne. Gebt die Eismasse, in einer Box, sofort in den Tiefkühler. Rührt sie nach einer Stunde alle 30 Minuten kräftig um. So entstehen keine oder zumindest weniger Eiskristalle in der Creme. Insgesamt beträgt die Tiefkühlzeit mit Rühren 3 Stunden.

TWO-BROKE-GUYS-CUPCAKES

Was der eine oder andere gar nicht mehr weiß, den Start haben wir auf dem Blog hauptsächlich mit Cupcakes gemacht! Zu dieser Zeit waren wir ganz besessen von den amerikanischen Törtchen. Zwei backende Sitcom-Freundinnen brachten uns dann auf die Idee für diese genialen Cupcakes. Ein Aromenfeuerwerk – Schokolade, das herbe Schwarzbier, süßes Frosting und dann die salzigen Baconscheiben. Das ist Foodporn pur!

ZUTATEN

FÜR 15 CUPCAKES | ZUBEREITUNGSZEIT 35 MINUTEN

FÜR DIE MUFFINS

140 g Weizenmehl Type 405
1 TL Natron
1 g Backpulver
1 Ei
70 ml Buttermilch
1 TL Vanillepaste
125 g Butter
200 g brauner Zucker
125 ml Schwarzbier
40 g Kakao

AUSSERDEM

Muffin-Backblech, Muffin-Förmchen | Spritzbeutel mit Rundtülle

MUFFINS

Heize den Backofen auf 170 °C (Ober-/Unterhitze) vor.
Vermische das Mehl, das Natron und das Backpulver in einer Schüssel miteinander.
Verquirle das Ei mit der Buttermilch und der Vanillepaste in einer anderen Schüssel.
Schmilz die Butter langsam in einem Topf und gieße sie dann in eine Rührschüssel. Füge den Zucker, das Schwarzbier und den Kakao zu und verrühre alles zu einer homogenen Masse.
Vermenge dann die Ei-Buttermilch-Mischung mit der Mehlmischung und vermenge die Masse zum Schluss mit der Bier-Kakao-Mischung zu einem Teig. Der fertige Teig wird sehr flüssig sein, aber lasse dich davon nicht irritieren.
Verteile den Teig gleichmäßig in den Papierförmchen im Muffin-Blech. Backe die Törtchen im vorgeheizten Ofen etwa 16 Minuten. Mache eine Stäbchenprobe; wenn kein roher Teig mehr am Stäbchen kleben bleibt, sind die Cupcakes fertig.
Lasse sie anschließend kurz im Blech und dann vollständig auf einem Kuchengitter abkühlen.

ANRICHTEN

Füllt das Frosting in einen Spritzbeutel mit Rundtülle und spritzt das Frosting auf die abgekühlten Cupcakes. Setzt zum Schluss jeweils noch ein Stückchen vom Bacon obendrauf.

WHAT'S THE TEA?

DRINKS

CARIBBEAN REALNESS

MIT KOKOSPRALINE

Die Anspielung im Namen werden die meisten von euch verstehen – für alle anderen, schaut unbedingt die erfolgreichste Show mit Dragqueens aus den USA! Wir sind große Fans. Dieser Drink ist auf jeden Fall Karibik-Feeling in seiner besten Form und die Kokospraline ist der nötige Highlighter. Shantay, you stay!

ZUTATEN

FÜR 1 COCKTAIL | ZUBEREITUNGSZEIT 10 MINUTEN

FÜR DEN CARIBBEAN REALNESS

6 cl karibischer Rum
4 cl Cold Brew (fruchtige Kaffeesorte)
2 cl Wermut
2 cl Limettensirup
einige Eiswürfel
1 Stück Schokolade (mindestens 80 % Kakaoanteil)
Schale von 1 Bio-Limette, in breite Zesten gerissen

AUSSERDEM

Cocktailshaker, Julep Strainer (Barsieb) | Cocktailschale

CARIBBEAN REALNESS

Gib alle Zutaten, außer der Schokolade, in den Shaker. Shake anschließend den Drink etwa 10 Sekunden kräftig durch und seihe ihn danach durch den Julep Strainer in die Cocktailschale.
Reibe etwas von der Schokolade darüber und dekoriere den Drink mit der Limettenzeste.

ANRICHTEN

Serviert den Drink mit der Praline als süßer Knabberei dazu.

ORANGE-ROSMARIN SPRITZ

MIT GRISSINI

Wir sind große Fans der Aperitivo Kultur in Italien! Zum Drink gibt es dort immer eine kleine Knabberei dazu. Das ist definitiv nach unserem Geschmack und deshalb servieren wir auch diesen Drink so. Er schmeckt nach Italien, Sonne und Dolce Vita – was soll man dann dazu reichen, wenn nicht knusprige Grissini?!

ZUTATEN

FÜR 1 DRINK | ZUBEREITUNGSZEIT 20 MINUTEN | ZIEHZEIT 60 MINUTEN

FÜR DEN ROSMARINSIRUP
- 60 g Zucker
- 200 ml Wasser
- 3–4 Zweige Rosmarin

FÜR DEN ORANGE-ROSMARIN SPRITZ
- 100 ml trockener Weißwein, kalt
- 2 cl Orangensaft
- 2 cl Rosmarinsirup (Zubereitung siehe oben)
- 100–150 ml Kräuterlimonade, je nach Glasgröße
- 1 Zweig Rosmarin
- 1 Scheibe gedörrte Orange

AUSSERDEM
- verschließbare Flasche oder verschließbares Glas, abgekocht | Weißweinglas

ROSMARINSIRUP

Gib den Zucker mit 200 ml Wasser in einen Topf und koche die Mischung kurz auf. Reduziere dann auf mittlere Temperatur und lasse die Flüssigkeit köcheln, bis der Zucker komplett geschmolzen ist.
Wasche währenddessen den Rosmarin und tupfe ihn trocken.
Nimm den Topf vom Herd und lege die Zweige in den Sirup. Lasse sie darin dann im Kühlschrank 1 Stunde ziehen.
Nimm anschließend die Rosmarinzweige heraus und fülle den Sirup in die Flasche oder das Glas ab.

ORANGE-ROSMARIN-SPRITZ

Gieße den Weißwein, den Orangensaft und den Rosmarinsirup in das Weißweinglas.
Fülle das Glas mit der Kräuterlimonade auf.
Wasche den Rosmarin und tupfe ihn trocken. Dekoriere den Drink mit dem Zweig und der Orangenscheibe.

ANRICHTEN

Serviert den Spritz mit den Grissini als Knabberei dazu.

TIPP

Die restliche Menge Rosmarinsirup könnt ihr korrekt abgefüllt definitiv einige Wochen im Kühlschrank aufbewahren. Der Sirup eignet sich auch super für Limonaden oder zum Süßen und Verfeinern von Tee.

WHISKY SOUR

MIT INGWER-BROTCHIPS

Torsten ist ein leidenschaftlicher Whiskytrinker. Ich habe definitiv etwas gebraucht, um mich damit anzufreunden. Nach so vielen Jahren bin ich aber auch großer Fan und meine ersten Schritte ins Whiskylager waren mit einem klassischen Whisky Sour. Ein genialer Drink, der aus so wenig so viel macht – allerdings muss er mit Eiweiß sein, da gibt es keine Ausnahmen.

ZUTATEN

FÜR 1 COCKTAIL | ZUBEREITUNGSZEIT 5 MINUTEN

FÜR DEN WHISKY SOUR

6 cl Whisky (Straight Bourbon oder Rye)
2 cl Zitronensaft
2 cl Zuckersirup
1 TL flüssiger Honig
1 Eiweiß
3–4 große Eiswürfel
etwas frisch geriebener Ingwer
1 Prise Muskat

AUSSERDEM

Cocktailshaker, Barsieb | Tumbler

WHISKY SOUR

Gib zuerst den Whisky, dann den Zitronensaft, den Zuckersirup und den Honig in den Shaker. Füge als letzte Zutat das Eiweiß zu. Shake alles 10 Sekunden kräftig durch. Füge zuletzt die Eiswürfel zu und shake erneut 15 Sekunden kräftig.
Setze das Barsieb auf den Shaker, aber nicht bis zum Rand, und seihe den Drink dann ab. Das Eiweiß soll dabei nicht im Sieb hängen bleiben, sondern nur das Eis zurückhalten.
Schäle den Ingwer und reibe ihn. Gib als Deko ein wenig davon sowie den Muskat auf die Schaumkrone.

ANRICHTEN

Serviert den Whisky Sour mit den Brotchips als Knabberei dazu.

TIPP

Schmeckt den Cocktail auf jeden Fall vor dem Servieren ab. Solltet ihr den Saft von sehr sauren Zitronen erwischt haben, solltet ihr die Menge des Zuckersirups erhöhen – oder bei nicht so saurem Zitronensaft weniger Sirup nehmen.

GIN, GINGER 'N' BEER

MIT GRILLED-CHEESE-SANDWICH

Die Bierszene hat sich in den letzten Jahren sehr gewandelt. Ein guter Freund, der »Braunkel«, steht uns immer mit Rat und Tat zur Seite und braut selbst geniales Bier. Das können wir nicht mal eben zu Hause, aber wir können ein Bier ohne Probleme einfach mal zu einem Cocktail umrüsten. Bier ist so vielfältig, und das solltet ihr ausprobieren!

ZUTATEN

FÜR 1 COCKTAIL | ZUBEREITUNGSZEIT 5 MINUTEN

FÜR DEN GIN, GINGER 'N' BEER

4 cl Gin
2 cl Zitronensaft
1 cl Zuckersirup
2 Tropfen Angostura
6 cl Gingerbier
4–5 Eiswürfel
1 Flasche Hefeweizenbier

AUSSERDEM

Bierglas (Craftbeerglas oder Weizenbierglas)

GIN, GINGER 'N' BEER

Gib den Gin, den Zitronensaft, den Zuckersirup, den Angostura und das Gingerbier in einen hohen Mixbecher und füge zum Schluss die Eiswürfel zu. Verrühre alles kräftig miteinander.
Seihe die Mischung in das Glas ab und gieße es mit dem Weizenbier auf.

ANRICHTEN

Serviert den Drink mit den Sandwiches als kleinen Snack dazu.

MINT-TONIC

MIT GARNELEN-SPIESS (ALKOHOLFREI)

Alkoholfreie Cocktails sind so eine Sache. Wir sind meistens keine so großen Fans davon, aber nicht aufgrund des fehlenden Alkohols. Oft sind gerade die alkoholfreien Cocktails sehr langweilig und es werden gefühlt nur ein paar Säfte zusammengegossen. Daher wollten wir für euch einen erfrischenden und etwas herberen Virgin Cocktail kreieren! Mit der Schärfe der Garnelen ein absoluter Knaller.

ZUTATEN

FÜR 1 COCKTAIL | ZUBEREITUNGSZEIT 5 MINUTEN

FÜR DEN MINT-TONIC (ALKOHOLFREI)

10 Blätter Minze
einige Eiswürfel
2 cl Zuckersirup
2 cl Limettensirup
4 cl frisch gepresster Zitronensaft
200 ml Tonicwater

AUSSERDEM

Barstößel | Longdrinkglas

MINT-TONIC (ALKOHOLFREI)

Gib sechs Minzblätter in das Longdrinkglas und drücke sie mit einem Stößel an. Fülle dann das Glas mit Eiswürfeln auf.
Gieße die beiden Sirups, den Zitronensaft und abschließend das Tonicwater in das Glas.

ANRICHTEN

Serviert den alkoholfreien Drink mit den Spießen als kleinen Snack dazu.

TIPP

Die Wahl des Tonicwaters macht hier einen enormen Unterschied. Wir mögen eher »kräutriges« Tonic für diesen Drink, aber nutzt auch gerne euer Lieblings-Tonicwater.

ZWIESEL

RUBY FLOWER

MIT FLAMMKUCHEN

Portwein ist unsere neueste Entdeckung in der Welt der Drinks und Cocktails. Egal ob weiß oder rot – der Süßwein aus Portugal ist ein echtes Multitalent, das viele von euch bestimmt auch nicht so auf dem Schirm haben. Daher wollte ich unbedingt einen Portweincocktail für euch zubereiten. Unser Ruby Flower ist mein Favorit ... aber pssst!

ZUTATEN

FÜR 1 COCKTAIL | ZUBEREITUNGSZEIT 5 MINUTEN

FÜR DEN RUBY FLOWER
6 cl Portwein
2 cl Wodka
2 cl Apricot Brandy
2 cl Holunderblütensirup
einige Eiswürfel
1 Zweig Thymian
1 frische Feige, in Scheiben geschnitten

AUSSERDEM
Whiskyglas

RUBY FLOWER
Fülle den Portwein, den Wodka, den Apricot Brandy, den Sirup sowie die Eiswürfel in das Whiskyglas und verrühre alles gut miteinander.
Wasche den Thymian, tupfe ihn trocken und gib ihn in das Glas. Dekoriere zum Schluss den Drink mit einer Feigenscheibe auf dem Glasrand.

ANRICHTEN
Serviert den Drink mit dem Flammkuchen als kleinen Snack dazu.

TIPP
Versucht mal, anstatt eines Gin Tonics einen weißen Portwein mit Tonic. Gern geschehen!

Wood

I HAVE
MIXED DRINKS
ABOUT FEELINGS.

GOING BACK TO PARTY-CITY!

PARTY FOOD

Die besten
PARTYS
finden immer
in der
KÜCHE
statt!

ORIENTALISCHE KÖSTLICHKEITEN

PITA, SALAT, GERÖSTETE KICHERERBSEN UND BLUMENKOHL, HUMMUS, SHAKSHUKA, LAMMHACKBÄLLCHEN

Torsten will schon, seit wir uns kennen, nach Israel reisen und ich war immer sehr skeptisch! Aber 2018 war es dann so weit und mit unserer lieben Freundin Mascha ging es in Urlaub. Was soll ich sagen – WOW!! Mit der schönste Urlaub, den ich je hatte, und das auch kulinarisch. Die orientalische Küche ist einfach der Wahnsinn und kaum eine Reise hat uns so nachhaltig in der Küche beeinflusst.

ZUTATEN

PITA: FÜR 10–12 PERSONEN | ZUBEREITUNGSZEIT 30 MINUTEN | GEHZEIT 165 MINUTEN
SALAT: FÜR 10–12 PERSONEN | ZUBEREITUNGSZEIT 20 MINUTEN | ZIEHZEIT 30 MINUTEN
GERÖSTETE KICHERERBSEN UND BLUMENKOHL: FÜR 10–12 PERSONEN | ZUBEREITUNGSZEIT 15 MINUTEN

FÜR DIE PITA

500 g Weizenmehl Type 405 plus mehr für die Arbeitsfläche, das Blech
12 g Salz
10 g frische Hefe
25 g Olivenöl

PITA

Vermische das Mehl und das Salz in der Rührschüssel einer Küchenmaschine miteinander.
Brösle die Hefe in 300 ml lauwarmes Wasser und löse sie darin auf.
Gieße das Hefewasser in die Rührschüssel und verknete das Mehl mit dem Knethaken langsam mit dem Wasser und dem Olivenöl; lasse dabei das Öl langsam zulaufen. Knete den Teig 5 Minuten weiter – er ist dann noch immer recht feucht. Decke ihn anschließend mit einem sauberen Küchentuch ab und lasse ihn bei Zimmertemperatur 2 Stunden gehen.
Bestaube die Arbeitsfläche mit Mehl und gib den Teig darauf. Steche zehn gleich große Stücke vom Teig ab (etwa 80 g pro Stück). Falte ein Teigstück von einem Rand aus zur Mitte und drehe es. Falte dann genau so weiter, bis du einmal rum bist. Drehe das Teigstück dann um, lege es unter deine hohle Handfläche und rolle es mit runden Bewegungen auf der Arbeitsfläche zu einer Kugel. Lege die Kugel zuletzt auf ein bemehltes Backblech. Verfahre so mit allen Teigstücken.
Decke sie wieder mit einem sauberen Küchentuch ab und lasse sie 30 Minuten gehen.

FÜR DEN SALAT

1 Salatgurke
3 Tomaten
1 Bund Koriander
1 Bund Petersilie
1 Zwiebel
2 Knoblauchzehen, gepresst
50 ml Olivenöl
40 ml Zitronensaft
10 ml Sesamöl
½ TL Salz
¼ TL schwarzer Pfeffer aus der Mühle
2 TL Honig

FÜR DIE KICHERERBSEN UND DEN BLUMENKOHL

200 g Blumenkohlröschen
400 g gegarte Kichererbsen
3 EL Speisestärke
2 EL Olivenöl
1 TL Salz
½ TL Zimtpulver
1 TL Kreuzkümmel

AUSSERDEM

evtl. große (gusseiserne) Pfanne oder Oberhitzegrill

Bestaube anschließend die Arbeitsfläche mit Mehl. Rolle dann nacheinander jede Kugel darauf mit einem Nudelholz auf etwa 15–20 cm Durchmesser rund aus und lege die Teigfladen auf ein bemehltes Küchentuch. Wenn auf dem Tuch keine Fladen mehr Platz haben, lege ein weiteres darauf, und setze die restlichen Fladen darauf. Decke alles wieder mit einem Küchentuch ab und lasse die Pitas etwa 15 Minuten gehen.
Heize dann sofort den Backofen (inklusive eingeschobenem Backblech) auf die maximale Temperatur, mindestens 250 °C (Ober-/Unterhitze), vor.
Lege die Pitas schnell auf das heiße Backblech und backe sie im vorgeheizten Ofen 3–4 Minuten, bis sie sich aufblähen und goldgelb sind.

SALAT

Wasche die Gurke und würfle sie klein. Bestreue die Würfel in einer Schüssel mit dem Salz und lasse sie darin 30 Minuten Wasser ziehen.
Wasche in der Zwischenzeit die Tomaten, entferne den Stielansatz und würfle sie ebenso klein.
Seihe die durchgezogene Gurke ab und füge die Tomaten- den Gurkenwürfeln zu.
Wasche den Koriander und die Petersilie, tupfe sie trocken und hacke sie. Gib beides zu der Gurken-Tomaten-Masse.
Ziehe die die Zwiebel ab, halbiere sie und schneide die Hälften in dünne Scheiben. Gib die Scheiben ebenso in die Schüssel und vermische alles gut miteinander.
Rühre mit den restlichen Zutaten ein Salatdressing an; achte dabei darauf, den Honig als letzte Zutat zuzugeben.
Beträufle den Salat mit dem Dressing, wende ihn gut darin und stelle ihn bis zum Servieren kalt.

KICHERERBSEN UND BLUMENKOHL

Wasche den Blumenkohl und teile ihn in kleine Röschen. Erhitze Wasser in einem Topf und blanchiere die Röschen darin 1 Minute. Schrecke sie danach sofort in Eiswasser ab, damit sie nicht weiter garen, und seihe sie anschließend ab.
Lasse die Kichererbsen abtropfen und vermische sie gründlich mit der Speisestärke, sodass alle gut damit bestaubt sind. Erhitze dann in einer Pfanne etwas von dem Olivenöl und brate die Kichererbsen darin ein paar Minuten knusprig aus. Würze sie zum Schluss mit Salz.
Erhitze das restliche Olivenöl in einer weiteren Pfanne und brate den Blumenkohl darin scharf an. Würze ihn zuletzt mit Salz, dem Zimt und dem Kreuzkümmel.
Vermische den Blumenkohl mit den Kichererbsen.

ANRICHTEN

Serviert alle sechs Gerichte gemeinsam und genießt eure orientalischen Leckereien.

TIPP

Die Pita benötigt tatsächlich möglichst viel Hitze! Daher eignet sich ein Oberhitzegrill dafür perfekt, ein Pizzastein im Ofen hilft auch oder du bereitest sie in einer sehr heißen gusseisernen Pfanne zu.

TAPAS

ALBÓNDINGAS, DATTELN IM SPECKMANTEL, PIMIENTOS DE PADRÓN, CROQUETAS, AUBERGINE MIT SERRANO, CHORIZO IN SHERRY

Tapas sind eine unserer liebsten Arten zu genießen! Viele Kleinigkeiten auf dem Tisch und alle greifen zu, das haben wir für fast alle Essen mit vielen Freunden übernommen. Es ist wunderbar kommunikativ und die Gerichte werden irgendwie mehr zelebriert. Außerdem lassen sich viele Tapas so genial vorbereiten und können problemlos warm, aber auch kalt gegessen werden – das perfekte Partyfood!

ZUTATEN

ALBÓNDINGAS: FÜR 10–12 PERSONEN | ZUBEREITUNGSZEIT 60 MINUTEN
DATTELN IM SPECKMANTEL: FÜR 10–12 PERSONEN | ZUBEREITUNGSZEIT 25 MINUTEN
PIMIENTOS DE PADRÓN: FÜR 10–12 PERSONEN | ZUBEREITUNGSZEIT 15 MINUTEN

FÜR DIE ALBÓNDINGAS

2 Paprikaschoten
500 g Lammhackfleisch
500 g Rinderhackfleisch
50 g Semmelbrösel
4 TL Zitronensaft
2 TL Kreuzkümmel
3 TL Paprikapulver
2 TL frische Minze
2 Eier
4 Knoblauchzehen
Salz
schwarzer Pfeffer aus der Mühle
etwas Olivenöl
1 große Zwiebel
200 g Tomaten-Passata
1 Dose Tomaten (225 g Abtropfgewicht)

ALBÓNDINGAS

Heize den Backofen auf die höchste Stufe seiner Grillfunktion vor.
Wasche die Paprika, entkerne sie, lege sie auf ein mit Backpapier bedecktes Backblech und grille sie unter dem Backofengrill. Sobald die Haut dunkel wird und sich löst, nimm sie heraus. Häute sie anschließend, lasse sie abkühlen und stelle sie beiseite.
Vermische das Lamm- und Rinderhackfleisch, die Semmelbrösel, den Zitronensaft, den Kreuzkümmel, das Paprikapulver, die Minze und die Eier mit den Händen in einer großen Schüssel miteinander.
Ziehe zwei Knoblauchzehen ab und reibe sie. Füge sie sowie Salz und Pfeffer der Masse zu und verknete alles gut mit den Händen. Forme dann aus der Masse etwa 20–25 Bällchen.
Erhitze das Olivenöl in einem Topf oder einer hohen Pfanne und brate die Bällchen darin von allen Seiten scharf an. Nehme sie anschließend heraus und stelle sie beiseite.
Ziehe die Zwiebel ab und hacke sie. Ziehe die übrigen zwei Knoblauchzehen ab und drücke sie an. Brate dann im selben Fett, in dem die Bällchen angebraten wurden, die Zwiebel scharf an und mische danach die beiseitegestellten Paprikas und den Knoblauch unter.

½ l trockener Rotwein
2 EL Tomatenmark
1 Bund Petersilie

FÜR DATTELN IM SPECKMANTEL
20 entsteinte Datteln
20 Scheiben geräucherter Speck

FÜR DIE PIMIENTOS DE PADRÓN
200 g Bratpaprikas
etwas Olivenöl
Meersalz

Lösche die Masse mit der Passata, den Dosentomaten und dem Rotwein ab. Rühre das Tomatenmark unter und lasse die Sauce aufkochen.
Gib die beiseitegestellten Albóndinga-Bällchen in die Sauce. Reduziere die Temperatur, sobald die Masse erneut zu kochen beginnt. Lasse alles bei niedriger Temperatur etwa 30–40 Minuten leicht köchelnd ziehen. Hacke nun die frische Petersilie, rühre sie unter und schmecke die Sauce zum Schluss mit Salz und Pfeffer ab.

DATTELN IM SPECKMANTEL

Umwickle die Dattel jeweils mit einer dünnen Speckscheibe.
Verteile die Datteln dann auf einem mit Backpapier ausgelegten Backblech. Grille sie im Backofen auf mittlerer Schiene bei 200 °C etwa 8 Minuten; wende sie dabei immer wieder ein wenig, damit sie rundum garen.
Nimm das Blech anschließend heraus und gib sie in ein oder mehre Tapasschälchen.

PIMIENTOS DE PADRÓN

Wasche die Paprikas und gib sie mit dem Olivenöl und etwas Meersalz in eine große Schüssel. Vermische alles gründlich miteinander.
Lege die Paprikas dann auf ein mit Backpapier ausgelegtes Backblech. Grille sie im Backofen auf mittlerer Schiene bei 180 °C etwa 8 Minuten; wende sie dabei immer wieder ein wenig, damit sie rundum anbraten. Die Pimientos sind fertig, wenn sie Blasen werfen und gleichmäßig angebraten sind. Nimm das Blech anschließend heraus.

ANRICHTEN

Richtet alle Gerichte in kleinen Tapasschalen an und serviere sie gemeinsam.

TIPP

Ihr könnt die Datteln und Bratpaprikas auch in der Pfanne machen, aber in diesem Fall könnte das ein wenig eng auf dem Herd werden!

PASTA

SELBST GEMACHTE NUDELN, PESTO, NAPOLISAUCE, PILZ-SAHNE-SPECK-SAUCE

Pasta mag wirklich jeder und mit verschiedenen Saucen ist dieses Gericht so unfassbar wandelbar. Wenn man mit einer Runde lieber Freunde zusammenkommt, ist eine Pastaparty eine geniale Möglichkeit, gemeinsam zu schlemmen. Die Nudeln sind selbst gemacht und das Highlight sind die verschiedenen Saucen, sie machen den Genuss abwechslungsreicher, egal ob mit Fleisch oder vegetarisch.

ZUTATEN

SELBST GEMACHTE NUDELN: FÜR 6–8 PERSONEN | ZUBEREITUNGSZEIT 45 MINUTEN | RUHEZEIT 30 MINUTEN
PESTO: FÜR 6–8 PERSONEN | ZUBEREITUNGSZEIT 10 MINUTEN

FÜR DIE SELBST GEMACHTEN NUDELN

- 600 g Pastamehl Tipo 00 (Hartweizenmehl)
- 6 Eier (Größe M)
- 1 ½ TL Salz plus mehr für das Nudelwasser

FÜR DAS PESTO

- 3 Bund Basilikum (etwa 50 g)
- 1 Knoblauchzehe
- 50 g Pinienkerne
- 50 g Parmesan
- 120 ml Olivenöl
- 3 EL Zitronensaft
- 1 TL Kapern
- Salz
- schwarzer Pfeffer aus der Mühle

AUSSERDEM

Nudelmaschine | Stabmixer oder Mixer

SELBST GEMACHTE NUDELN

Gib alle Zutaten in die Schüssel einer Küchenmaschine und knete sie mit dem Knethaken auf mittlerer Stufe zu einem glatten Teig. Wickle den Teig anschließend in Frischhaltefolie und lasse ihn 30 Minuten ruhen.
Bringe Wasser mit etwas Salz in einem großen Topf zum Kochen.
Rolle in der Zwischenzeit den fertig geruhten Teig mit der Nudelmaschine dünn aus. Falte ihn von zwei Seiten in die Mitte und drehe ihn mit dickster Einstellung durch die Nudelwalze. Wiederhole den Vorgang vier- bis fünfmal. Rolle dann den Teig, ohne ihn zu falten, Stufe für Stufe auf die gewünschte Dicke aus (wir nehmen Stufe 7). Drehe die Teigbahnen dann noch durch den Tagliatelle-Einsatz. Hänge sie zum Schluss über einen Pastaständer oder über einen Besenstiel, und zwar so, dass sie beim Trocknen nicht aneinanderkleben
Sobald das Wasser richtig kocht, gare die Nudeln darin 2–3 Minuten al dente.
Seihe die Nudeln anschließend ab und gib sie zum Servieren in eine Schüssel.

PESTO

Wasche das Basilikum und tupfe es trocken. Ziehe die Knoblauchzehe ab und hacke sie. Gib beides mit den restlichen Zutaten in einen hohen Mixbecher und mixe dann alles so lange, bis sich die Zutaten zu einem leicht flüssigen Pesto verbunden haben.
Schmecke eventuell nochmals mit Salz und Pfeffer ab und stelle das Pesto beiseite.

ANRICHTEN

Serviert die Nudeln und alle Saucen in separaten Schüsseln gemeinsam auf dem Tisch.

TIPP

Bereitet das Pesto bei einer kleineren Menge nur für euch zwei doch mal komplett im Mörser zu. Die Aromen kommen dann noch besser zur Geltung!

BRUNCH

MUFFINS, HASH-BROWN-CUPS MIT EI, FRENCH TOAST, FRIED CHICKEN WAFFELN, GRANOLA, CROISSANTS

Schwule Männer lieben Brunch – zumindest wenn man amerikanischen TV-Serien glauben darf. Na ja, in diesem Fall müssen wir dem zustimmen. Brunchen mögen wir einfach gerne, denn es ist unkompliziert, man kann über einen langen Zeitraum schlemmen und außerdem ein wenig Gossip austauschen. Da dürfen die Gerichte auch mal erst nach und nach auf den Tisch kommen! Nur Kalorienzählen, das solltet ihr lassen!

ZUTATEN

MUFFINS: FÜR 10–12 PERSONEN | ZUBEREITUNGSZEIT 40 MINUTEN
HASH-BROWN-CUPS MIT EI: FÜR 10–12 PERSONEN | ZUBEREITUNGSZEIT 60 MINUTEN
FRENCH TOAST: FÜR 10–12 PERSONEN | ZUBEREITUNGSZEIT 40 MINUTEN

FÜR DIE MUFFINS

- 130 g Butter
- 200 g Kokosblütenzucker
- 2 TL Vanilleextrakt
- 1 Prise Salz
- 2 Eier (Größe L)
- 325 g Mehl Type 550
- 4 TL Ceylonzimtpulver
- 1 Prise Muskat
- 1 Päckchen Backpulver
- 125 ml Vollmilch
- 2 Äpfel

MUFFINS

Heize den Backofen auf 180 °C (Ober-/Unterhitze) vor.
Schlage 100 g Butter mit 150 g Kokosblütenzucker, dem Vanilleextrakt und dem Salz in einer Rührschüssel gründlich schaumig auf. Rühre dann die Eier nacheinander unter.
Vermische 275 g Mehl mit dem Zimt, dem Muskat und dem Backpulver in einer zweiten Schüssel.
Rühre dann die Milch und die Mehlmischung unter die Butter-Ei-Masse und vermenge alles zu einem homogenen Teig.
Wasche die Äpfel, entferne das Kerngehäuse und würfle sie klein. Hebe die Würfel gründlich unter den Teig und stelle ihn beiseite.
Verknete für die Streusel die restlichen 50 g Mehl, 50 g Kokosblütenzucker und 30 g Butter miteinander, bis ein krümeliger Teig entsteht.
Verteile die Papierförmchen auf dem Muffinblech. Fülle dann mit einem Eisportionierer jeweils ein bis zwei Löffel von dem beiseitegestellten Teig in die Förmchen und bestreue den Teig jeweils mit ein paar Streuseln. Backe die Muffins im vorgeheizten Ofen 20 Minuten.
Lasse sie anschließend entweder ganz abkühlen oder genieße sie noch lauwarm.

FÜR DIE HASH-BROWN-CUPS MIT EI

500 g Kartoffeln
1 TL geräuchertes Paprikapulver
Salz
1 ½ EL Olivenöl
schwarzer Pfeffer aus der Mühle
1 EL Mehl
etwas neutrales Pflanzenöl
12 Eier

HASH-BROWN-CUP MIT EI

Schäle die Kartoffeln, rasple sie mit einer Reibe und presse die Raspel mit einem Küchentuch ordentlich aus. Gib sie danach in eine Schüssel, füge das Parikapulver, ½ TL Salz, das Olivenöl, ½ TL Pfeffer und das Mehl zu und vermenge alles gründlich miteinander.

Heize den Backofen auf 190 °C (Ober-/Unterhitze) vor.

Fette die Cups des Muffinblechs mit dem Pflanzenöl ein. Verteile die Kartoffelmasse in den zwölf Muffinausbuchtungen und drücke sie mit den Fingern in die Form kleiner Körbchen. Backe die Masse dann im vorgeheizten Ofen 20 Minuten.

Nimm anschließend das Blech heraus und schlage in jedes Kartoffelkörbchen ein Ei auf. Bestreue jedes Ei mit ein wenig Salz und Pfeffer und backe alles bei 200 °C noch mal 10–12 Minuten, bis das Eiweiß komplett gestockt ist.

Lasse die Hashbrown-Cups anschließend 5 Minuten abkühlen. Löse zum Schluss mit einem Messer die Ränder von der Form und hebe die Hashbrown-Cups heraus.

FÜR DEN FRENCH TOAST

4 Eier
500 ml Vollmilch
4 EL brauner Zucker
2 Prise Salz
3 TL Zimtpulver
8 Scheiben Brioche
8 Scheiben Bacon
ca. 2 EL Butter
4–5 EL Ahornsirup

FRENCH TOAST

Schlage die Eier mit der Milch in der Auflaufform auf. Füge den Zucker, das Salz und den Zimt zu und verrühre alles miteinander.

Solltest du nur einen kompletten Briochelaib bekommen, schneide das Brioche bei Bedarf in etwa daumendicke Scheiben. Verteile die Scheiben in der Auflaufform und drücke sie in die Ei-Milch-Mischung ein, wende dabei die Scheiben ab und zu, damit sie sich komplett vollsaugen können.

Lege den Bacon in eine Pfanne, erhitze diese dann ohne Fett, brate die Baconscheiben von beiden Seiten goldbraun an und stelle sie anschließend beiseite.

Erhitze die Butter bei mittlerer Temperatur in einer weiteren Pfanne und brate die vollgesogenen Briochescheiben darin von jeder Seite goldbraun aus.

AUSSERDEM

12-er Muffinblech und Papierförmchen| Auflaufform

ANRICHTEN

Serviert die Muffins auf einer Kuchenplatte. Die Hash-Brown-Cups verteilt ihr auf mehrere kleine Teller. Die French Toast serviert ihr auf einem großen Teller und gibst den Ahornsirup und Bacon darüber.

TIPP

Für den French Toast geht natürlich auch Toast … verrückt, oder? Aber wir finden mit Briochebrot schmeckt es einfach noch mal besser!

ELEGANZA EXTRAVAGANZA!

DREI-GANG-MENÜS

ÖSTERREICH

RINDSSUPPE MIT KASPRESSKNÖDEL
ZANDER MIT KARTOFFELGRATIN UND GLASIERTEN MÖHRCHEN
KAISERSCHMARRN

Österreich habe ich als Kind nur von der anderen Seite des Bodensees gesehen. Erst mit Torsten habe ich dieses Land entdecken und lieben lernen dürfen! Die österreichische Küche ist so unglaublich gut und der erste Gedanke, der mir da in den Kopf schießt, ist »Soulfood«. Ein Menü, das mit Kaiserschmarrn endet, muss doch super sein, oder?

ZUTATEN

SUPPE: FÜR 4 PERSONEN | ZUBEREITUNGSZEIT 140 MINUTEN (VORBEREITUNG AM VORTAG)
KASPRESSKNÖDEL: FÜR 4 PERSONEN | ZUBEREITUNGSZEIT 45 MINUTEN | RUHEZEIT 30 MINUTEN
FISCH: FÜR 4 PERSONEN | ZUBEREITUNGSZEIT 20 MINUTEN

FÜR DIE SUPPE

1 Bund Suppengemüse (Karotten, Sellerie, Lauch)
1 Beinscheibe vom Rind
1 Markknochen
2 TL Salz
schwarzer Pfeffer aus der Mühle
Muskat

SUPPE (AM VORTAG, ZUBEREITUNGSZEIT 135 MINUTEN)

Wasche und schäle am Vortag die Karotten und den Sellerie und würfle beides klein. Wasche den Lauch und schneide ihn in Scheiben.
Bringe 2 l Wasser mit dem Salz in einem großen Topf zum Kochen. Gib das Suppengemüse, die Beinscheibe und den Markknochen zu und lasse dann alles darin mit nicht ganz geschlossenem Deckel 2 Stunden köcheln. Nimm anschließend das Fleisch und den Markknochen heraus, seihe sie ab und stelle sie bis zum nächsten Tag im Kühlschrank beiseite.

KASPRESSKNÖDEL (AM MORGEN DES MENÜTAGS)

Würfle am nächsten Morgen das altbackene Brot klein. Ziehe die Zwiebel ab und hacke sie klein. Gib beides in eine Schüssel. Erhitze die Milch lauwarm und übergieße das Brot und die Zwiebel damit. Rühre einmal gut um, decke die Schüssel mit Frischhaltefolie ab und lasse die Masse 30 Minuten ziehen.
Wasche die Kräuter und tupfe sie trocken. Hacke die Petersilie und schneide den Schnittlauch in Röllchen, stelle dabei etwas von den Röllchen zur Deko beiseite. Reibe außerdem auch den Bergkäse. Mische alles mit den restlichen Zutaten, außer dem Butterschmalz, unter die Brotmasse. Forme aus dem Teig zwölf Kugeln und drücke sie leicht platt. Stelle die Knödel anschließend beiseite.

FÜR DIE KASPRESSKNÖDEL

140 g altbackenes Brot
½ Zwiebel
140 ml Milch
½ Bund Petersilie
1 Bund Schnittlauch
15 g Butter
75 g kräftiger Bergkäse
1 Ei (Größe M)
Salz
schwarzer Pfeffer aus der Mühle
30 g Butterschmalz

FÜR DEN FISCH

4 Zanderfilets mit Haut
Salz
schwarzer Pfeffer aus der Mühle
etwas Mehl
2–3 EL Butter
1 ganze Knoblauchknolle
5 Zweige Thymian

SUPPE UND KASPRESSKNÖDEL (VOR DEM SERVIEREN, ZUBEREITUNGSZEIT 15 MINUTEN)

Koche die Suppe vor dem Servieren noch mal kurz auf und würze sie bei Bedarf mit Salz, Pfeffer und Muskat nach. Stelle sie dann bis zum Servieren möglichst warm.

Kurz bevor du die Vorspeise servieren möchtest, erhitze etwas Butterschmalz in einer Pfanne. Brate die Kaspressknödel darin von beiden Seiten goldbraun an. Richte je zwei Knödel in einem Suppenteller an, gieße die Rindsuppe dazu und streue etwas von dem beiseitegestellten Schnittlauch darüber.

FISCH (VOR DEM SERVIEREN)

Würze die Fischfilets mit Salz und Pfeffer. Bestaube einen tiefen Teller mit Mehl und wende die Zanderfilets darin.

Erhitze dann die Butter in einer Pfanne, halbiere die Knoblauchknolle und lege sie mit der Schnittfläche in die Pfanne. Wasche den Thymian, tupfe ihn trocken und gib die Zweige ebenfalls zu. Sobald die Butter geschmolzen ist, brate den Fisch erst auf der Hautseite bei mittlerer Temperatur etwa 4 Minuten an, dann auf der anderen Seite 2–3 Minuten.

Serviere den Zander noch heiß mit den Karotten und dem Kartoffelgratin.

ANRICHTEN

Vorspeise: Legt zwei Kaspressknödel in einen Suppenteller und gebt dann eine große Kelle der Suppe darüber. Streut ein wenig Schnittlauch zur Deko darüber.

Hauptgang: Legt 2 Möhrchen auf einen Teller, setzt eine Reihe des Kartoffelgratins daneben und gebt zuletzt das Fischfilet dazu. Dekoriert den Teller mit dem Thymian aus der Fischpfanne.

Dessert: Richtet den Kaiserschmarrn zusammen mit dem Zwetschgenröster an und bestaubt den Schmarrn zum Schluss mit dem Puderzucker. Der restliche Zwetschgenröster kommt in einer Schüssel auf den Tisch.

SPANIEN

TAPASPLATTE
PAELLA MIT MEERESFRÜCHTEN UND KANINCHEN
CREMA CATALANA

Spanien – und im speziellen Barcelona – ist in meinem Herzen wie kein anderes Land! Es war unsere erste große gemeinsame Liebe, und daher ging auch unsere Hochzeitsreise nach Barcelona. Die spanische Küche ist seit jeher ein ständiger Begleiter und dieses Menü ist unser persönliches »Best of«.

ZUTATEN

CREMA CATALANA: FÜR 4 PERSONEN I ZUBEREITUNGSZEIT 20 MINUTEN
GAZPACHO: FÜR 4 PERSONEN I ZUBEREITUNGSZEIT 10 MINUTEN
PA AMB TOMÀQUET: FÜR 4 PERSONEN I ZUBEREITUNGSZEIT 15 MINUTEN

FÜR DIE CREMA CATALANA

- 500 ml Milch
- 100 g Zucker plus 6 EL Zucker zum Karamellisieren
- Zesten von ½ unbehandelten Orange
- 10 Zimtblüten, gerieben
- 4 Eigelbe
- 25 g Speisestärke

CREMA CATALANA (AM MORGEN DES MENÜTAGS)

Erhitze die Milch mit 50 g Zucker, den Orangenzesten und den geriebenen Zimtblüten in einem Topf und lasse alles kurz aufkochen. Nimm anschließend den Topf vom Herd und lasse die Mischung leicht abkühlen.

Verquirle die Eigelbe mit den restlichen 50 g Zucker in einer mittelgroßen Schüssel. Rühre die Stärke so gründlich unter, dass keine Klümpchen zurückbleiben. Mische die Eimasse danach mit einem Schneebesen ganz langsam unter die noch leicht warme Milch. Erhitze die Mischung dann zunächst langsam und bringe sie danach unter Rühren langsam zum Kochen.

Sobald die Crema Catalana unter Rühren leicht dickflüssig geworden ist, fülle sie in die Tapasschälchen ab und lasse sie im Kühlschrank 4 Stunden abkühlen.

FÜR DIE GAZPACHO

5 Rispentomaten
1 Zwiebel
1 Salatgurke
1 Paprikaschote
1 Bund Basilikum
2 Knoblauchzehen
10 Tropfen Tabasco
4 cl Gin
1 TL Salz
1 Prise Zucker
1 Prise schwarzer Pfeffer aus der Mühle

FÜR DAS PA AMB TOMÀQUET

8 Scheiben Baguette
etwas Olivenöl
1 Tomate
3 Knoblauchzehen

AUSSERDEM

Mixer | 6 Tapasschalen und Bunsenbrenner | Grillpfanne

GAZPACHO (AM MORGEN DES MENÜTAGS)

Wasche die Tomaten und entferne den Stielansatz. Wasche die Paprika und entkerne sie. Ziehe die Zwiebel ab und würfle sie grob. Wasche das Basilikum und tupfe es trocken. Ziehe die Knoblauchzehen ab. Wasche die Gurke, würfle ca. 4 TL in kleine Stücke und den Rest dann grob. Von der Paprika würfelst du ebenfalls ca. 4 TL klein und den Rest zerteilst du grob. Stelle die kleinen Paprika- und Gurkenwürfel in den Kühlschrank bis zum Anrichten.
Gib dann das vorbereitete Gemüse und die Kräuter mit den restlichen Zutaten in den Mixer und mixe alles zu einer cremigen Gazpacho. Stelle anschließend die Suppe im Kühlschrank bis zum Servieren kalt.

PA AMB TOMÀQUET (VOR DEM SERVIEREN)

Schneide das Baguette in 1,5 cm dicke Scheiben. Erhitze das Olivenöl in einer Grillpfanne und grille die Scheiben darin goldbraun.
Wasche die Tomate, entferne den Stielansatz, schneide sie in der Mitte durch und reibe die Schnittflächen mit kräftigem Druck über die Baguettescheiben.
Ziehe die Knoblauchzehen ab, reibe sie zu einer musartigen Konsistenz und bestreiche die Baguettescheiben damit. Beträufle die Scheiben zum Schluss mit etwas Olivenöl.

CREMA CATALANA (VOR DEM SERVIEREN)

Bestreue die Creme in jedem Schälchen mit 1 EL Zucker und karamellisiere ihn mit dem Bunsenbrenner.

ANRICHTEN

Vorspeise: Verteilt die Gazpacho auf 4 Gläser und streut je ca. 1 TL Paprika- und Gurkenwürfel darauf. Die restlichen Tapas verteilt ihr auf ein großes Brett oder einen großen Teller und stellt ihn in die Mitte des Tisches.
Hauptgang: Serviert die Paella in der Pfanne in der Mitte des Esstisches – bon profit oder buen provecho!
Dessert: Die Crema Catalana wird direkt in den Tapasschälchen serviert.

USA

LACHSTATAR MIT GURKEN-WASABI-SORBET
STEAK MIT QUINOASALAT UND MANGOSALSA
PANCAKES MIT RICOTTA-TOPPING

Wenn wir auf unsere Bloganfänge schauen, sind vor allem amerikanische Backwerke zu finden. Das war nicht zufällig, denn ein Jahr vor dem Start von »Die Jungs kochen und backen« waren wir auf unserer ersten großen gemeinsamen Reise quer durch Kalifornien! Ein beeindruckender Urlaub, den ich bis heute in Erinnerung habe – aber nicht nur wegen des guten Essens, sondern auch, weil Torsten mir in San Francisco den Antrag gemacht hat. Die kalifornische Crossover-Küche ist also bei mir einfach auf ewig in Erinnerung!

ZUTATEN

GURKEN-WASABI-SORBET: FÜR 4 PERSONEN | ZUBEREITUNGSZEIT 30 MINUTEN (VORBEREITUNG AM VORTAG)
LACHSTATAR: FÜR 4 PERSONEN | ZUBEREITUNGSZEIT 30 MINUTEN
PANCAKES: FÜR 4 PERSONEN | ZUBEREITUNGSZEIT 40 MINUTEN
RICOTTA-TOPPING: FÜR 4 PERSONEN | ZUBEREITUNGSZEIT 5 MINUTEN
OBST: FÜR 4 PERSONEN | ZUBEREITUNGSZEIT 5 MINUTEN

FÜR DAS GURKEN-WASABI-SORBET

2 Salatgurken
40 g Zuckersirup
¼ TL Salz
12 TL Wasabipaste plus mehr nach Geschmack
1 EL Schmand

FÜR DAS LACHSTATAR

500 g Lachsfilet ohne Haut
½ Salatgurke
2 EL Reisessig
2 Spritzer Worcestershiresauce
1 EL Zuckerrübensirup
1 EL Limettensaft
¼ TL Salz
Abrieb von ½ unbehandelten Limette
2 TL Schmand zur Deko

GURKEN-WASABI-SORBET (AM VORTAG)

Wasche die Gurken. Schäle eineinhalb davon und schneide sie und die restliche halbe ungeschälte Gurke in grobe Stücke. Gib die Stücke und die restlichen Zutaten in den Mixer und mixe alles zu einem feinen Mus. Schmecke das Mus zum Schluss ab, würze dabei eventuell mit Wasabipaste nach, denn nicht jede ist gleich scharf.
Verarbeite die Masse dann in der Eismaschine mit dem Sorbetprogramm zu einer Sorbetmasse. Fülle das Sorbet zum Schluss in eine Box und stelle es bis zum Anrichten in den Tiefkühler.

LACHSTATAR (AM MORGEN DES MENÜTAGS)

Würfle das Lachsfilet sehr klein. Wasche die Gurke und würfle sie ebenso sehr klein.
Rühre aus dem Reisessig, der Worcestershiresauce, dem Zuckerrübensirup, dem Limettensaft, dem Salz und dem Limettenabrieb ein Dressing an, gieße es über das Tatar und vermische alles gut miteinander. Stelle anschließend das Tatar bis zum Anrichten kalt.

FÜR DIE PANCAKES
80 Butter
2 Eier
240 ml Buttermilch
200 g Mehl Type 550
2 TL Backpulver
2 Msp. Natron
2 EL Zucker
2 Prisen Salz
etwas neutrales Pflanzenöl

FÜR DAS RICOTTA-TOPPING
250 g Ricotta
2 ½ EL Naturjoghurt griechischer Art
2 TL Ahornsirup

FÜR DAS OBST
Früchte der Saison
etwas Ahornsirup

AUSSERDEM
Eismaschine | Mixer

PANCAKES (AM MORGEN DES MENÜTAGS, ZUBEREITUNGSZEIT 10 MINUTEN)
Schmilz die Butter bei niedriger Hitze in einem kleinen Topf. Verquirle währenddessen die Eier mit der Buttermilch in einer Schüssel und füge dann unter Rühren die geschmolzene Butter zu.
Verrühre die restlichen Zutaten mit einem Schneebesen in einer anderen Schüssel, rühre die Masse danach unter die Buttermilch-Mischung und vermenge alles zu einem Teig.
Stelle den Teig bis zum Backen der Pancakes kalt.

RICOTTA-TOPPING (AM MORGEN DES MENÜTAGS)
Verrühre alle Zutaten in einer Schüssel gründlich miteinander zu einer Creme und stelle sie anschließend bis zum Anrichten kalt.

OBST (AM MORGEN DES MENÜTAGS)
Wasche die Früchte, schäle sie gegebenenfalls und schneide sie in beliebige Stücke. Beträufle die Stücke mit dem Ahornsirup und stelle sie bis zum Anrichten kalt.

PANCAKES (VOR DEM SERVIEREN, ZUBEREITUNGSZEIT 30 MINUTEN)
Erhitze zwei Pfannen auf mittlere Temperatur und fette sie leicht.
Backe aus dem beiseitegestellten Teig in jeder Pfanne gleichzeitig zwei bis drei Pancakes auf einer Seite goldbraun aus, sie sollten ungefähr handflächengroß sein. Wende sie nach 2–3 Minuten und backe die andere Seite ebenso lang goldbraun.
Stelle die fertigen Pancakes beiseite und backe die übrigen aus.

ANRICHTEN
Vorspeise: Verteilt ca. 3 EL des Tatar längs nebeneinander auf einem Teller. Gebt den Schmand in einen Spritzbeutel und setzt kleine Tupfen um und auf das Tatar. Zum Schluss kommen noch 2 Nocken des Sorbets auf den Teller und es kann serviert werden.
Hauptgang: Schneidet das Steak in Tranchen und legt 2–3 Stücke auf den Teller. Daneben setzt ihr ein paar Löffel des Quinoasalat und zum Abschluss kommt noch ein EL der Salsa auf das Steak. Serviert den Hauptgang mit Salz & Pfeffer auf dem Tisch.
Dessert: Legt zum Anrichten je einen Pancake auf einen Teller, verteilt etwas von dem Ricotta-Topping und ein paar der sirupgetränkten Fruchtstücke darauf. Legt einen weiteren Pancake darauf und toppt ihn ebenso mit Ricotta und Früchten. Ein wenig frische Minze als Deko obendrauf und der letzte Gang kann serviert werden.

TIPP
Solltet ihr keine Eismaschine für das Sorbet haben, dann geht es natürlich auch ohne. Stellt die Sorbetmasse in einer Box in den Tiefkühler. Rührt sie nach 1 Stunde Kühlzeit alle 30 Minuten kräftig um. Nach 3–4 Stunden sollte das Sorbet die perfekte Konsistenz haben.

ONE WAY
PENSKE
NYU

ZWIESEL
GLAS
www.zwiesel-glas.com

Villeroy & Boch
1748
www.villeroy-boch.de

KENWOOD
www.kenwoodworld.com/de-de
KENWOOD
CHEF XL
sense

REZEPTREGISTER

Kochen
Chicken Korma mit Naanbrot 26
Crêpes mit zweierlei herzhaften Füllungen 22
Deluxe-Burger mit Röstzwiebel-Aioli und Brioche-Buns 34
Geflügelpastete mit frisch gebackenem Brot 16
Geschmortes Lamm mediterrane Art 32
Gnocchi mit Pesto Pepperoncini 28
Himmel und Ääd 18
Rinderfilet mit Ricotta-Trüffel-Ravioli 24
Roadkill Chicken mit Chimichurri und Gurken-Reis-Salat 14
Spaghetti Aglio e Olio mit Kabeljau im Speckmantel 30
Wildschnitzel mit Pilzen und Brezenknödeln 20

Backen
Brownies mit Whisky-Frosting 54
Doughnut mit Monis Herrencreme 50
Gedeckter Apfelkuchen 48
Oma Lores Frankfurter Kranz 44
Peanut-Icecream-Sandwich 56
Schokotorte mit Nougat-Ganache 42
Schwarzwälder Kirschtorte 46
Tartelettes mit Mascarponecreme, Kirschen und Pistazien 52
Two-Broke-Guys-Cupcakes 58

Drinks
Caribbean Realness mit Kokospraline 66
Gin, Ginger ‘n‘ Beer mit Grilled-Cheese-Sandwich 72
Mint-Tonic mit Garnelen-Spieß (Alkoholfrei) 74
Orange-Rosmarin Spritz mit Grissini 68
Ruby Flower mit Flammkuchen 76
Whisky Sour mit Ingwer-Brotchips 70

Party-Food
Brunch:
Muffins, Hash-Brown-Cups mit Ei, French Toast, Fried Chicken Waffeln, Granola, Croissants 104
Orientalische Köstlichkeiten:
Pita, Salat, geröstete Kichererbsen und Blumenkohl, Hummus, Shakshuka, Lammhackbällchen 84
Pasta:
Selbst gemachte Nudeln, Pesto, Napolisauce, Pilz-Sahne-Speck-Sauce 96
Tapas:
Albóndingas, Datteln im Speckmantel, Pimientos de Padrón, Croquetas, Aubergine mit Serrano, Chorizo in Sherry 90

Drei-Gang-Menüs
Österreich:
Rindssuppe mit Kaspressknödel; Zander mit Kartoffelgratin und glasierten Möhrchen; Kaiserschmarrn 118
Spanien:
Tapasplatte; Paella mit Meeresfrüchten und Kaninchen; Crema Catalana 126
USA:
Lachstatar mit Gurken-Wasabi-Sorbet; Steak mit Quinoasalat und Mangosalsa; Pancakes mit Ricotta-Topping 132

DANKSAGUNG

Zum Schluss ist natürlich auch wieder Zeit, Danke zu sagen, denn es gibt immer Menschen, die einen begleiten und unterstützen.

Daher geht zuerst ein Riesen-DANKESCHÖN an die Leser unseres Blogs. Ihr, die unsere Seite besucht, uns auf Social Media begleitet und uns immer unterstützt, macht uns all das möglich. Ihr habt uns so viele Träume bereits erfüllt und wir sind einfach dankbar und glücklich, so viele offene, tolerante und wunderbare Menschen um uns zu wissen.

Der nächste Dank geht an unsere Familien! Ihr unterstützt uns in einer Form, für die wir gar nicht genug Danke sagen können. So viele Rezepte und Ideen finden wir durch euch! Wenn wir Hilfe benötigen, dann wissen wir, wo wir sie finden. Wir können uns nur glücklich schätzen, dass wir so wunderbare Familien haben, die uns so nehmen, wie wir sind. Das ist nicht selbstverständlich und wir sind stolz auf jeden von euch!

Aber wir haben auch eine dritte Familie! Unsere Freunde sind die Familie, die wir uns aussuchen. Das hat mal eine weise Dragqueen gesagt, und wie recht sie hat. Ihr seid Familie!! Wie selbstverständlich ihr den Unsinn mit uns mitmacht, ist so wundervoll. Daher war es uns auch wichtig, dass ihr ein Teil dieses Kapitels seid – GOING BACK TO PARTY CITY! ist unseren Freunden gewidmet.

Danke an Sonya, die uns zu diesem wundervollen Buch gebracht hat. Die Freiheiten, die du uns gegeben hast, dafür können wir nur Danke sagen. Danke, dass du uns so sehr vertraut hast, dass »Kiss & Cook« das Buch wird, das wir uns alle gewünscht haben. Daher auch ein Dankeschön an den Christian Verlag für diese Möglichkeit.

Danke auch an unsere drei Partner, die uns schon so lange begleiten. Kenwood, Villeroy & Boch und Zwiesel sind für uns besondere Firmen. Partner, die an uns glauben und die unseren Visionen vertrauen. Wenn es um Equipment für Küche und den Tisch geht, können wir uns keine besseren Partner vorstellen. Andrea, Claudia, Annika, Simone, Corinne, Maike und Anja, wir sind stolz, euch so lange an unserer Seite zu wissen, und es war uns eine Herzensangelegenheit, euch mit an Bord zu haben für dieses Buch.

Danke an Janina für die Tipps zur Foodfotografie. Auch wenn durch dich unser Portemonnaie nun dünner geworden ist, haben wir Bilder, auf die wir sehr stolz sind. Danke auch an Maja für deinen Kennerblick und deine Unterstützung. Auch danke an all unsere weiteren Foodblogger-Freunde! Ihr seid ein Quell der Inspiration. Immer mit offenem Ohr da, und es ist schön, liebe Menschen mit der gleichen Leidenschaft, Freunde nennen zu können.

Ein weiteres Dank an zwei unserer Lieblingsplätze in Köln, bei denen wir auch ein paar Fotos schießen durften. Einmal der Metzger unseres Vertrauens, die Metzgerei Werner in Köln-Kalk. Hier fühlen wir uns wohl, lachen viel und werden immer wieder aufs neue inspiriert. Außerdem unsere allerliebste Cocktailbar, das WOODS – ein zweites Wohnzimmer mit so unglaublich guten Drinks. Dieser Bar habt ihr das Kapitel Drinks zu verdanken!

Danke an Chris, mit dem wir einen genialen Fotoshooting-Tag hatten. Die Fotos sind alles, was wir uns wünschen konnten! Wir wollten unsere Liebe zueinander, zu unseren Freunden und dem Arbeiten in der Küche zeigen, und das hast du so wundervoll gemacht. Wir haben dir nach den ersten Minuten blind vertraut und das sieht man – und du kennst jetzt so viele Insider von uns und unseren Freunden, dass wir hoffen, du hältst uns nur für ein wenig verrückt. DANKE!

Einfach nur danke, danke, danke!!!

DIE JUNGS

IMPRESSUM

Verantwortlich: Sonya Mayer
Texte und Rezepte: Sascha und Torsten Wett
Redaktion: Constanze Lüdicke
Umschlaggestaltung: Leeloo Molnár
Layout: Helen Garner
Repro: LUDWIG:media
Korrektorat: Martin Thurn
Herstellung: Barbara Uhlig

Printed in Slovakia by Neografia.

Alle Angaben dieses Werkes wurden von den Autoren sorgfältig recherchiert und auf den neuesten Stand gebracht sowie vom Verlag geprüft. Für die Richtigkeit der Angaben kann jedoch keine Haftung übernommen werden, weshalb die Nutzung auf eigene Gefahr erfolgt. Sollte diese Werk Links auf Webseiten Dritter enthalten, so machen wir uns die Inhalte nicht zu eigen und übernehmen für die Inhalte keine Haftung.

Die Deutsche Nationalbibliothek verzeichnet diese Publikation in der Deutschen Nationalbibliografie; detaillierte bibliografische Daten sind im Internet über http://dnb.d-nb.de abrufbar.

Copyright © 2020 für die deutschsprachige Ausgabe: Christian Verlag GmbH, Infanteriestraße 11 a, 80797 München

Bildnachweis
Sascha & Torsten Wett: Seite 17, 19, 21, 23, 25, 27, 29, 31, 33, 35, 37, 45, 47, 49, 51, 53, 55, 59, 61, 69, 71, 73, 75, 77, 79, 85, 86, 88–89, 91, 93, 94–95, 97, 98, 99, 100–101, 105, 107, 109, 110–111, 121, 123, 124–125, 127, 129, 131, 312–133, 135, 137
Christoph Rücker: 3, 4, 5, 6, 9, 12–13, 36–37, 40–41, 60–61, 64–65, 78–79, 82–83, 102–103, 112–113, 116–118, 119, 138–139, 140

Alle deutschsprachigen Rechte vorbehalten.

ISBN 978-3-95961-407-8

Sind Sie mit diesem Titel zufrieden? Dann würden wir uns über Ihre Weiterempfehlung freuen. Erzählen Sie es im Freundeskreis, berichten Sie Ihrem Buchhändler oder bewerten Sie bei Onlinekauf. Und wenn Sie Kritik, Korrekturen, Aktualisierungen haben, freuen wir uns über Ihre Nachricht an:

Christian Verlag
Postfach 40 02 09
D-80702 München
oder per E-Mail an lektorat@verlagshaus.de

Unser komplettes Programm finden Sie unter:

www.christian-verlag.de

Ebenfalls erhältlich ...

ISBN 978-3-95961-193-0

ISBN 978-3-95961-410-8

ISBN 978-3-95961-254-8

ISBN 978-3-95961-358-3

CHRISTIAN
www.christian-verlag.de